KOTTER
EDITORIAL

EM BUSCA DE ATÍLIO

BÁRBARA MARTINS WIELER

Coordenação Editorial: Sálvio Nienkötter
Editor-Executivo: João Lucas Dusi
Editor-adjunto: Daniel Osiecki, Claudecir de Oliveira Rocha
Capa: Jessica Iancoski
Design editorial: Carlos Garcia Fernandes
Produção: Cristiane Nienkötter
Revisão e preparação de originais: A Autora

Dados Internacionais de Catalogação na Publicação (CIP)
Angelica Ilacqua CRB-8/7057

Wieler, Bárbara
Em busca de Atílio / Bárbara Wieler. — Curitiba : Kotter Editorial, 2023.
128 p.

ISBN 978-65-5361-191-7

1. Ficção brasileira I. Título
CDD B869.3

23-2366

KOTTER EDITORIAL

Kotter Editorial Ltda.
Rua das Cerejeiras, 194
CEP: 82700-510 - Curitiba - PR
Tel. + 55(41) 3585-5161
www.kotter.com.br | contato@kotter.com.br

Feito o depósito legal
1ª Edição
2023

EM BUSCA DE ATÍLIO

BÁRBARA MARTINS WIELER

*À Bela, ela também fruto de um sonho, gerada
em meu ventre enquanto esta história nascia.*

Ao R., sempre ele, meu #tudo: editor, revisor, diagramador, fotógrafo, ombro, colo, coração. Este livro é mais um filho nosso. Obrigada por acalentá-lo com seu amor de pai.

Ao meu Reino, minha fonte de encantos, meu lugar no mundo. Obrigada por terem me escolhido.

À Editora Kotter, companheira de jornada, pela recepção e pelo olhar carinhoso com a minha escrita.

Aos leitores. Meu coração transborda de felicidade por vocês estarem aqui.

À minha vó Verônica (*in memorian*), minha incentivadora, minha inspiração.

Seria uma noite brilhante. O salão fervilha. Fornecedores quase se trombam, se não fosse a eficiência que os impele a bailar um compasso orquestrado. O rapaz que ajeita a mesa de docinhos desvia-se sinuosamente da bandeja prata levada pelo garçom. A cerimonial, vestida com um terninho sóbrio de caimento justo, quase não respira e tenta manter a formalidade no autoritarismo com que repete comandos a um dos colaboradores. Aos poucos, o espaço se colore de verde e salmão. Os tons cálidos são femininos, e o espaço, acolhedor, emana uma luz quente. A decoração é delicada, romântica, polvilhada por um aroma de macarrons cor-de-rosa que estão sendo desembrulhados numa peça de vidro, três andares, as bordas brocadas. Laços nas pontas das toalhas de linho inglês, velas ao lado de vasos altos, pétalas macias como merengues mergulhadas em bowls, cadeiras escondidas por matelassê cremoso: como formigas, a numerosa equipe se espalha pelos duzentos metros quadrados de área coberta, decorando, adornando, aperfeiçoando o cenário. Do teto, como cascata, derrama-se um lustre imperial, cujos pingentes em gotas refletem o bruxulear das pequenas labaredas que derretem as minúsculas velas em gaiolas douradas que auxiliam na iluminação indireta.

Teremos um casamento, isso é claro.

Algumas meninas – excitadas, elétricas, histriônicas – acompanham os preparativos. Vestidos curtos, cabelos presos em rococós e grampos, roupões felpudos investigam, entre risos e uma pitada de sardonismo, como a casa se transforma num palácio, e como a porcelana deitada à mesa poderá servir um banquete em algumas horas. São rostos conhecidos, rostos iluminados e luminosos, vibrando de expectativa e de prazer. São várias delas, aglutinadas em pequenos grupos, imiscuídas entre os trabalhadores, zanzando, abelhas curiosas, pelos arredores. Estão tentadas, atentadas, antenadas à organização, elas próprias um pouco noivas, íntimas dos detalhes, em comunhão com o roteiro, supervisoras, autoras, espectadoras e expectante. O burburinho avoluma-se; o sol desliza, magistralmente, para um ocaso de dia lilás. Combinaria mais se fosse salmão, mas o público consentirá a licença poética. O buffet começa a montar a mesa, réchaud, metais pesados, panelas ainda vazias. Na entrada, uma foto gigante, profissionalmente tratada, de um casal bem-vestido, mas cujos rostos não se podiam ver.

Alguém sai dessa agitação, busca encher os pulmões com o oxigênio puro dos jardins, também invadidos por jovens engravatados e moças em terninho e prancheta. Segue a alameda, um caminho verde e paulatinamente mais silencioso, precisa de ar, o pulmão espremido entre as costelas, vai sufocar, aquela sensação de breu que antecede o desmaio. Uma tonteira, ausência, muita presença, encosta-se num balcão de madeira perdido no jardim. É um armário vazado, portas embaixo, nichos em cima, sente que irá desfalecer.

Isabela, enfim, se vê.

É ela, ali, encostada naquele móvel, apoiada na nogueira. Pensou ser a noiva, mas sabe que não é a noiva. Não está vestida como uma noiva. Olharia o anelar, à procura de seu solitário, mas não consegue mandar essa mensagem a si mesma. Uma convidada?, busca em si algum indício de identidade. Talvez seja uma madrinha. O vestido salmão acinturado, tomara-que-caia, a fita de cetim apertando o tronco. Afogueada, fugiu do burburinho, dos preparativos, de si mesma. Debruça-se sobre o balcão, o rosto ferve, a perna treme. É enleada. Sente-o cingir sua cintura. Não se vira, mas o adivinha. Madeira tesa e túmida, lança, ferro em brasa, encaixada nela. Sabe-o ali, enorme, latente, imponente. Não posso me casar antes de fazer isso, ele sussurra. Ela fecha os olhos, como quem permite. Teme que alguém chegue, apareça, mas não demonstra resistência. Ele, dentro da vestimenta de um noivo, está preparado para a cerimônia que em algumas horas o sagrará marido. Não podemos evitar, ele morde o lóbulo da orelha ainda sem brinco. Altura, comprimento, diâmetro. Volume. Ele é um noivo, mas não o seu noivo. Não se trata de seu casamento. Ele está atrás dela, uma mão segurando o móvel, a outra a prendendo para si. Hipnotizada, entregue, ela permite-se arrastar pela vertigem. Você sabe que não posso. Você sabe o que quero, quem eu quero. A pressão, a apneia.

Isabela acorda.

Agora sabe.

O rosto do noivo se desenha na tela líquida de sua retina com uma nitidez que a cega.

Atílio!

Isabela levanta-se da cama, atordoada. Está atrasada. O sonho, contudo, lateja, é quase palpável, um show de águas no deserto. O cérebro é um órgão misterioso e imprevisível. Que ondulações suas sinapses sofreram para levá-la a Atílio? Não entendia como o subconsciente tinha resgatado uma figura do passado, amarelada como uma Barbie guardada num plástico num fundo de armário, esquecida por uma criança que virou adulta, coadjuvante de seus dias colegiais. Atílio, um colega de escola, um cara lindo, mas com quem nunca trocou mais de meia dúzia de palavras, um fulano que dividia os corredores do Da Vinci com ela, mas com quem esbarrou muito pouco. Algumas meninas foram apaixonadas pelo belo loiro de sorriso tímido, mas ele sequer era o mais popular da geração. Salvo engano, chegava a tê-lo no elenco de amigos do Facebook, mais pela contemporaneidade que partilhavam do que por qualquer mínimo laço de afeto, mas, gente, Atílio? Como seu cérebro chegou a ele, o resgatou de um pântano interditado e o jogou em seu colo? E por que aquela imagem mexeu tanto com ela, os dois num clima intenso, num momento obviamente sensual, envolvidos em um véu de pecado e desejo? Toma café, a bebida forte a desperta fisicamente, mas a cabeça cirandava a mesma nota. Atílio.

Marcou de almoçar com Guilherme. Isabela e Guilherme se casarão em sete meses. Neste dia, uma quinta-feira, eles precisam organizar a agenda para o fim de semana – uma série de compromissos e afazeres recheará as quarenta e oito horas de descanso do casal. Isabela não faz o gênero noiva neurótica, está bastante tranquila, na realidade, mas naquele almoço está especialmente aluada. Quase não toca na entrada, brinca com o guardanapo enquanto o noivo conta sobre uma nova empreitada que a empresa da qual é sócio está prestes a faturar. Guilherme é engenheiro civil. A paixão de sua vida é construir prédios. Ergue toneladas de concretos, idealiza blocos inteiros, arranha-céus infinitos. Menino, empilhava os legos e montava torres gigantescas, era sua alegria ser o responsável pela edificação mais alta do jardim de infância. Estava em seu destino, ele gosta de pensar assim. Tem a própria profissão como a mais respeitosa. Construir, produzir, criar moradias, eis um ofício realmente importante e digno. Guilherme orgulha-se ao preencher "engenheiro" nas fichas de hotel, é um verdadeiro motor do progresso social. Ele está engajado na festa de casamento que ocorrerá em pouco mais de duzentos dias. Propõe degustação de bolo à Isabela. No aplicativo que baixou, apita a mensagem: hora de adoçar as festas! Que tal fechar o item central da mesa de doces? Guilherme é um tipo disciplinado.

Naturalmente, espera-se que Isabela esteja ansiosa para provar todas as possiblidades deliciosas de pastas, chantilly e mousses. Não é uma compulsiva por açúcar, tampouco o nega, há de se empolgar com uma degustação sortida por tipos de chocolate, castanhas e frutas para rechear o bolo que ela e o noivo cortarão, em gesto uno, sob os aplausos sociais. Guilherme saca o tablet e enumera três grandes boleiras da cidade que merecem o crédito deles. Uma, inclusive, é laureada por um prêmio internacional. Um bolo daquela grife será uma sensação, e é esse tipo de êxtase que ele quer proporcionar aos convidados. No domingo, vão almoçar com outro casal e assistir ao vídeo do casamento deles. Precisam conhecer o trabalho do cinegrafista, um tarimbado gravata-e-tênis que registra as bodas mais badaladas da cidade. Isabela concorda com a cabeça, lacônica. Distante, o sonho segue a perturbá-la. O calor do corpo de Atílio. O tom de sua voz sussurrando convites escusos. A tensão entre eles. Calculou: há mais de dez anos não o via.

A última imagem que tinha era de Atílio adolescente. Agora, certamente, era um homem, e era com o homem que tinha sonhado, era o homem que farfalhava nela sensações hipnóticas. Os pratos principais chegaram. Nem se deu conta, mas Guilherme pediu seu spaghetti com frutos do mar. Não estava com fome. As noivas costumam ser inapetentes. Emagrecem, o vestido precisa ser constantemente ajustado. Ainda não tinha visto nenhum modelo, não pensava em nada em especial. A irmã de Isabela, Juliana, a acossava com esses detalhes femininos. Descarregava dezenas de revistas matrimoniais na casa dos pais todos os sábados, quando ia passar o dia com eles. Juliana, avesso de Isabela, foi uma noiva estressada e estrela. Juliana era um tipo enérgico, ligada às miudezas, nervos propensos ao perfeccionismo. Açoitava a irmã com uma série de questionamentos a respeito dos preparativos. Isabela tentava se esquivar, especialmente quando as perguntas a remetiam ao universo pós-festa, a vida real partilhada em uma casa que necessitava de talheres, lençóis e cortina. O casamento de Juliana foi um acontecimento. Não foi uma festa, foi uma verdadeira boda, um espetáculo digno de princesa. Demorou um ano e meio para ser estruturada. Certamente, recairia na conta – econômica ou espiritual – de Juliana os litros de Rivotril que alguns funcionários precisaram administrar para se manterem sãos após os mandos e caprichos da noiva mais obstinada com quem trabalharam. O noivo em questão era apenas um boneco em cima do bolo, um adereço, igual ao broche incrustado de diamantes que Juliana sustentava na gola do vestido – não, na verdade, o broche, relíquia de bisavó, reluzia mais. Herdeiro de uma cadeia alimentar, Júlio era um excelente cunhado, mas Isabela temia que não fosse igualmente um bom marido. Parecia, ao menos, gostar da esposa. Só amando para não sucumbir ao gênio dela. Tinham se cristalizado como um casal tom pastel – o marido, um pastel de vento, e a esposa, vestida de cores claras e meigas, representava bem o papel de bibelô delicado que acompanhava o homem de negócios em eventos sociais. Passados os faniquitos da festa, Juliana, em público, sabia se portar como uma dama domesticada, de sorriso fácil e anuências com a cabeça. Às vezes, Isabela imaginava que o casamento só sobrevivia pois, na verdade, os dois passavam pouquíssimo tempo juntos – Júlio sempre em viagens, reuniões e cozinhas. Juliana, diamante empossado, abandonou o Direito e tomou como profissão ser esposa. Como tal papel não lhe tomava muito tempo e nem lhe exigia grandes habilidades, Juliana se via com bastante energia para pensar no casamento da irmã caçula. Isabela quase não se incomodava com as intromissões, ela mesma um tanto desarmada para enfrentar essa missão bélica que era se vestir de branco e dizer sim para um padre.

Guilherme notou a noiva um tanto ausente. Perguntou se ela se sentia bem, se estava cansada. Isabela sorriu, disfarçou. Não podia revelar o motivo de sua perturbação, aquele seria só o primeiro dia em que estaria aérea e teria que fingir presença na vida real. Concordou com os compromissos assumidos, deu algumas garfadas no macarrão, mostrou um mínimo interesse nos negócios daquela que um dia seria sua empresa também. Está tudo bem, repetiu, ao beijá-lo rapidamente na entrada do escritório em que trabalhava. Aliviada, puxou Atílio da tela de fundo para o plano principal. Poderia, novamente, mergulhar naquele aquário desconhecido que a engolia em ressaca.

Antes de dormir, naquela noite, descobriu sentir uma saudade ultrajante. Uma saudade doída, lacrimosa. O peito rasgava, o pulmão diminuído, o coração avolumado, uma sensação palpável de falta. Quis sonhar novamente, continuar a cena pausada, tê-lo atrás de si, à frente, dentro dela. Com quem Atílio estaria se casando? Pouco importava. Ele queria Isabela, desejava Isabela, talvez a amasse. Fechou os olhos, restaurando o rosto há tempos apagado de sua vista, buscando texturas, cores, covinhas. Era como se ele tivesse sido dela. Como se ainda fosse ser. Quis sonhar, mas não sonhou.

A partir daquele dia, Isabela tornou-se incansável na tarefa de encontrar Atílio. Picada por um tsé-tsé da certeza, inoculada pelo acidulante de uma paixão tão súbita quanto potente, Isabela padecia de uma tormenta: a ausência. Como uma hipocondríaca que sabe qual a cura para a dor imaginária, Isabela sabia que seu elixir escorreria de num encontro com Atílio. Um encontro, apenas. Embriagada pela convicção de seu sentimento, Isabela apenas queria vê-lo. Bastaria se trombar com ele – o que acontecia tão pouco nos tempos de colégio – para a magia, guardada numa redoma íntima dentro dos dois, ser rebentada, ganhar os céus e espargir em volta deles, a fumaça de um incenso que só os dois sentiriam a enredá-los em aliança. Eles se reconheceriam. Ele disse que a esperava, que a queria. Escapados do mundo de sonhos, esvaídos da miragem cerebral, eles ganhariam a realidade. Para isso, apenas precisavam estar juntos para ficar juntos. Isabela percorreria cada esquina da cidade em busca de Atílio para torná-lo seu.

Isabela não era uma mulher conectada. Sua profissão não exigia uma imersão nas teias digitais, de modo que demorou para pensar o básico: procurar Atílio na internet. Quando o fez, já na sexta à noite, a primeira decepção. Sim, Atílio estava em sua rede de amigos. Contudo, o perfil dele parecia abandonado. Há meses sem atualização. Nenhuma atividade recente, tampouco pretérita. Algumas fotos. O Atílio que encontrou no sonho, que a abraçou, que a agarrou e que mastigou sua alma, deglutindo sua paz, era exatamente aquele figurado em pixels no seu notebook. Poderia se perder naqueles olhos, no sorriso de menino, na feição de homem, mas não era o Atílio de bits e bytes que a encantava. Nenhum vestígio concreto no Facebook: em que cidade morava, em que empresa trabalhava. Se algum desses dados básicos estivessem a seu dispor, Isabela agiria. Nem que fosse em um bairro distante, nem que fosse em outro país. A cabeça é uma fábrica de criatividade quando precisa resolver problemas. Engendrava cenários, via-se entrando em um avião, percorrendo ruas e vielas que o ligariam àquele que agora a dominava. Transcreveu nome e sobrenome na barra de busca do Google. Poucas e pobres informações. Não conseguiria encontrá-lo por meios virtuais. O jeito era aguçar os sentidos, apurar a intuição e seguir sua sensibilidade para resgatá-lo em alguma esquina e sequestrá-lo para sua vida. Poderia, certamente, perguntar para alguma colega dos tempos de adolescente notícias dele. Poderia, mas não deveria. Acima de tudo, era uma mulher noiva, prestes a se tornar uma senhora, e se mentalmente vivia uma fantasia quase pueril, a vida real não lhe permitia devaneios e arroubos inconsequentes. Seria seu segredo, uma busca silenciosa, secreta e solitária. Por onde quer que Atílio andasse, os pés de Isabela a levariam até ele.

Naqueles dois meses de noivado, Guilherme e Isabela haviam progredido pouco, ao menos para os parâmetros de Juliana. Igreja agendada, buffet pago, todo o resto da infraestrutura pendurada em encontros semanais, em busca dos serviços mais prestigiados da estação. Com alguma insegurança, Isabela, finalmente, decidira-se, semanas antes, que as cores de sua festa seriam azul e prateado. Juliana disse que azul era um tom moderno e clássico, em alta nas últimas festas a que fora, e Isabela gostava de prata. Lembrou do seu baile de debutante, feito num clube com outras catorze garotas. Rosa e prata foram os matizes temáticos da ocasião – as aniversariantes recepcionaram os convidados de rosa, e dançaram a valsa com um armado e cravejado vestido prateado. Pareciam fadinhas, todas, por mais desajeitadas que fossem naquelas camadas de tecido e anágua. Isabela não fazia questão do baile, marcado por bebedeiras fenomenais de imberbes inconsequentes e longe das vistas dos responsáveis. Na verdade, Isabela só concordou com toda aquela pirotecnia por insistência dos pais, que dois anos antes promoveram uma festa estonteante para a primogênita. Isabela não queria o protagonismo cintilante de Juliana. Estava mais interessada na viagem para Disney, marcada para meses depois, seu verdadeiro presente – delirava só de pensar em conhecer o Mickey. Festa de quinze anos exigia uma afetação ainda não – e talvez jamais – nascida em Isabela. Despojada da aura de boneca, a coroa de Swarowski parecia desajustada à sua cabeça. Sara, a coquete de sua época, sim, era uma bailarina de caixinha de música. A festa dela foi irretocável – que Juliana não lesse seu pensamento, mas o baile de Sara foi mais lindo que o dela. Porque foi animado. Juliana era uma adolescente cerimoniosa e protocolar. O début da irmã foi perfeito no sentido estético, mas sem alma, sem vibração. Até aquele namorado com quem ela dançou valsa era um macarrão escorrido. Foi tudo formal, como se não comemorasse 15, mas 60 anos. Esse era o DNA de Juliana: amava uma celebração, mas não sabia comemorar. Sara, não, era meiga, mas extremamente animada. Um DJ tocou até as quatro horas da manhã. Aos pais, os coleguinhas juraram que os drinques eram coloridos de refrigerante. Os vômitos e dores de cabeça não eram tonteira alcoólica, eles insistiam, e as mães fingiam aceitar para tentar dormir à noite. Nas escadarias, o escândalo dos beijos que apenas línguas de quinze anos tinham o despudor de trocar. Numa salinha, escondidos dos olhares e dos uivos alheios, Atílio e Dandara ficavam de namorinho. Ele era carinhoso, alisava as costas dela. Os dois eram muito loiros – ela, platinada, lisérrima – e ele segurava mechas do cabelo da ficante, como que inebriado. Pareciam apaixonados. Isabela ficou meio escondida atrás da cortina, sorvendo do canudinho um drinque de framboesa. Não queria ser vista, mas se deleitou por uns trinta segundos com a cena. No colégio, todo mundo sabia que eles ficavam de vez em quando, mas ninguém torcia pelo casal – Dandara era mal falada nas rodas por sua liberdade amorosa, um escândalo à época que, possivelmente, ainda seria uma década depois, e Atílio, um gérmen de galã, não podia ser laçado e tirado de circulação. Dandara não podia saracotear, enquanto Atílio deveria. Isabela, de algum modo, quis que eles ficassem juntos, viu neles um halo amoroso. Ao que consta, aquela foi a última festa em que se beijaram. Isabela não beijou ninguém naquela noite. Ninguém quis beijá-la. Até os quinze anos, Isabela era considerada esquisitinha. Uma menina legal, querida, relativamente conhecida, mas esteticamente pouco privilegiada. Isabela foi apenas mais uma vítima da feiura que acomete 99% dos adolescentes, transfigurando-os em seres desproporcionais e desengonçados, até a natureza (e os hormônios) balançar a varinha de condão sob as cabeças descabeladas e, como a primavera, abençoá-los com graça, luz e leveza. Isabela viveu uma dura fase desprovida de atributos, um inverno particular coberto por uma neve que nublava até características elogiadas na infância, mas alguns meses depois daquela festa, passou a secretar aquele néctar açucarado, poção ao olfato dos zangões, e virou cobiçada pelos meninos. Os olhos, antes esbugalhados feito hipertireoidismo, suavizaram o contorno, amendoaram-se e evidenciaram-se pelo castanho esverdeado. O cabelo parou de arrepiar, o nariz não mais cresceu, o sutiã pulou dois números e deixou de comprar seus jeans na seção infantil. Ficou com três ou quatro do colégio, mas se valeu pouco do seu florescer estético: logo conheceu um carinha no curso de inglês, entenderam-se e passou o resto do Ensino Médio como namorada do tal do Eduardo. Engraçado falar "entenderam-se", porque foi esse o sentimento que os uniu: entendimento. Isabela não ficou desesperada de amor, falecida de sentimentalismo romântico, como suas amigas queixava-se ou vangloriavam-se. Gostava da companhia de Eduardo, ele era gatinho, divertido e bom ouvinte para suas lamúrias juvenis. Viveu momentos bacanas com ele. Quando deixaram de se entender – assim que entraram na faculdade -, terminaram. Depois disso, dois ou três namoricos, até que conheceu Guilherme. Na fase adulta, nenhuma paixão que lhe roubasse o ar, que a transportasse à adolescência e que também a amadurecesse. Até Atílio.

Sábado foi maçante. Não queria acordar. Queria dormir a manhã inteira, esperançosa de resgatar a fita do sonho de quinta. Espectadora mais ansiosa pelas cenas do próximo capítulo jamais existiu, o problema é que elas ainda não haviam sido gravadas. Passaria o dia em frente à tela, sequiosa por um descuido dos seus neurônios que desembocasse na reprise do sonho com Atílio. Mas havia Guilherme, apesar de tudo, ou acima de tudo. Ele iria buscá-la às nove, e dentre as várias virtudes do noivo, a pontualidade figurava como uma das principais. Ainda não havia aceitado a pontualidade como uma qualidade a se considerar no caráter de uma pessoa, mas a família, que apreciava tanto isso, insistia que a longo prazo ela aprenderia a admirar os pontuais e não confiar nos vacilantes. Pensou em entrar numa calça jeans qualquer e esconder-se num blusão largo, qualquer roupa que não demandasse criatividade. Mas agora, com Atílio, o descuido tinha virado uma veleidade. A qualquer momento, podia esbarrar com ele e precisava estar linda quando isso acontecer. Mesmo que ele já a conhecesse, queria impressioná-lo. Os dez anos que separavam os dois daquele encontro precisavam ser pingados suavemente nela, decantando um encanto que se catapultaria aos olhos azuis de Atílio, provocando nele uma outra espécie de amor à primeira vista. Improvisou uma escova, maquiou-se, escolheu a roupa com um cuidado novo, fresco, interessado. A irmã, que estava lá para passar o dia com os pais, elogiou a súbita vaidade de Isabela. Ela estava interessante. Juliana investigou o roteiro do casal, questionando a respeito dos sabores, deu sugestão de combinações. Em outra oportunidade, Isabela provocaria, gracejando, que Juliana fosse em seu lugar, enquanto ela ficaria dormindo. Cada uma faria aquilo de que mais gostava. Mas Isabela não queria fugir dessa vez. Mesmo que Atílio estivesse na mesma degustação com a noiva, o prazer de encontrá-lo sobrepujaria a decepção de vê-lo com outra.

Isabela tornou-se atenta. Os olhos iluminaram-se, lanternas enxergando pistas esvaecidas do paradeiro de Atílio. Fazia um raio-X de todo local em que entrava, escaneando rostos. Qualquer ambiente era um possível ambiente para o encontro definitivo. Esperava a porta dos elevadores se abrirem e analisava cada pessoa que saía da caixa metálica. Desafiava a própria inteligência e inventava novos caminhos para os mesmos trajetos. Nos sinaleiros, a despeito da violência urbana que ordenava o hermetismo, escancarava as janelas, vasculhando nos veículos um Atílio motorista ou passageiro. Entrava em bares, sentava-se à mesa, folheava um livro, os olhos pesquisando os frequentadores. Matriculou-se em cursos, para o espanto do noivo. Jardinagem, poesia, aquarela: frequentava três aulas, assegurava-se de que Atílio não pertencia àquele círculo e abandonava o novo interesse, sob pretexto de ter de se dedicar aos preparativos. A organização, aliás, arrastava-se, modorrenta. Não para Juliana, cada dia mais próxima de assumir para si a liderança de um evento cuja protagonista o obliterava deliberadamente. Insistia com a irmã a programação. Aproveitava os encontros semanais e a chicoteava com uma planilha – Isabela, invariavelmente, atrasada. Não tinha menor ideia do modelo de vestido, não sabia quem seria sua maquiadora, lua-de-mel, então, era um paraíso perdido. Juliana a reprimia, era austera com detalhes, Isabela dava risadinhas, mais constrangidas do que amistosas, enquanto Guilherme alisava os ombros redondos da noiva, a descontração de quem confia de que tudo dará certo no final. Preferia dormir nas tardes caídas do fim de semana a enfrentar o inquérito da irmã, mas para se livrar dele, obrigava-se a ganhar a rua com o noivo, improvisando listas em lojas de departamento. De certa forma, Juliana era uma vitoriosa.

Isabela sempre foi uma amante do café. Sorvia litros da bebida encorpada, era uma estudiosa dos grãos, uma apreciadora profissional do líquido negro. Herdou a paixão do pai, que a levava consigo em passeios pelo centro da cidade. Engraxava o sapato, comprava jornal e parava em botequins para tomar espressos em copos de vidro. Na sua sala, Isabela ostentava uma poderosa máquina de café italiana, da qual retirava cinco ou seis xícaras de seu bálsamo por dia. Desde o sonho com Atílio, contudo, desenvolveu novo hábito. Diariamente, entrava em cafés, fosse para seu desjejum, fosse para um lanche da tarde, sentava-se em uma mesa e esperava. Na sua fé, algum dia, o veria entrar por uma daquelas portas simpáticas. Escondia-se atrás do cardápio, sedenta de café e dele, e imaginava o que diria se, de fato, ele aparecesse por ali, gravata embaixo de suéter de gola triangular. Iria abordá-lo, não tinha dúvida. Precisava ser vista. Assim que ele pousasse os olhos nela, sentisse seu cheiro, seria envolvido pela magia, Isabela levava essa máxima como um talismã. Para não ser pega desprevenida, de qualquer modo, uma vaidade brotou na sua rotina, de forma que olhos delineados, cabelo escovado e salto alto passaram a participar de seu figurino. Guilherme reparou e elogiou, lisonjeado por desfilar com uma mulher produzida. Não que Isabela fosse uma mulher desleixada, mas no círculo de amigos, ela não se destacava pelo primor com a aparência. Se fosse perguntado, Guilherme confessaria que gostaria de vê-la mais arrumada. Bom gosto ela tinha, mas também esbanjava preguiça, que, repentinamente, parecia abandonada. Satisfeito, voltou a chamá-la de "gatinha", apelido antigo que perdurou como o único entre eles. Não tinham a meiguice romântica e açucarada de outros casais, que se desmancham em intimidade até vexatória em codinomes e diminutivos. Ela era "gatinha", ele era "Gui", vez ou outra, trocavam um "amor". Cogitou apelidos para Atílio, cavoucou a memória buscando como as amigas costumavam se referir a ele em épocas de paixão. Atílio era um cara de sorte – só sendo muito bonito para ter um nome antigo e obsoleto ignorado por sua antiguidade e realçado por sua singularidade. Atílio era único em meio a dezenas de Lucas, Rafael e André. Batizado de modo homônimo ao avô, era quase paradoxal um garoto cheio de vivacidade ter aquele nome de velho. Isabela, distanciada da imaturidade juvenil, via charme até nisso.

Atílio, veja só, um caçador de corações tão irresistível que continuava fazendo suas vítimas mesmo anos depois da isca jogada. Agora Isabela o esperava numa mesinha redonda, à luz rosada de abajur, enquanto tomava um Ristretto e desejava, como jamais havia desejado nada na vida, que ele aparecesse para ela.

Isabela especializou-se em, num átimo, num relance, identificar as pessoas ao seu redor. Trabalhava no 18º andar de um edifício ilustre, cheio de consultórios, escritórios, cartomantes, academia e quartos de luxo. O contingente que passava por ali era considerável, de modo que se via plantada, as raízes do sonho fixadas no chão de granito, em frente ao elevador, analisando cada rosto esmagado naquela gaiola de Faraday. Nada que se assemelhasse a Atílio, nem uma brisa que acendesse os arrepios que a sacudiram em sonho. Rostos sérios, sisudos, hirtos de compromissos e preocupações. Queria aqueles olhos cristalinos, a água de cachoeira jorrando, abundante, vida e promessas, o sorriso de Pandora, os braços do infinito. Clientes, profissionais, transeuntes surgiam e sumiam na caixa metálica, Isabela frustrada diante da falta. Seguia ao próprio escritório, um ambiente asséptico e racional, destituído das emoções que começavam a fervilhar em sua corrente sanguínea, bicarbonato em contato com água. Era representante comercial, uma profissão nada glamourosa, mas Isabela não imaginou muito prestígio para seu currículo mesmo. Adolescente, a escolha da carreira foi o início de uma crise existencial que se arrastou ao longo do terceiro ano do Ensino Médio. O namorado ouvia as lamúrias, a escola pressionava, os pais não ajudavam, e ela se debatia com uma falta de inspiração e de vocação para preencher a bolinha do curso na ficha de inscrição para o vestibular. Era a única da turma totalmente perdida. Fez testes, conversou com psicóloga, visitou empresas. Invejava as colegas convictas numa impossível Medicina ou numa entediante Letras – ao menos, elas sabiam para onde estavam indo. Não tinha motivação sequer para estudar. As apostilas quase em branco, séries de exercício ignoradas, e o ponto de interrogação que não se dissolvia. O namorado só repetia "relaxa", Juliana tentava convencê-la a fazer Direito, poderiam abrir um escritório juntas, e Isabela achava a ideia de um marasmo supremo. Não sou boa em nada, não sirvo para nada, ela repetia, dramática, às vésperas do concurso. Foi o pai que a aconselhou a conhecer Administração, uma carreira interessante, recheada de possibilidades. Em meio ao burburinho e à ansiedade que antecedem esse passo definitivo, as amigas atoladas em fórmulas, imergidas em post-its, Isabela continuava matando aula no banheiro, hábito abandonado pela maioria quando do ingresso no terceirão. Só ela e Paula insistiam na rebeldia. Isabela levava um discman e partilhava com a amiga um fone de ouvido, as duas cantando baixinho Aerosmith enquanto a aula de química molesta dos miolos a alguns metros dali. Queria ser a estrela de um dos clipes da banda, e talvez essa fosse sua grande ambição da época. Uma menina, em delírios de grandeza, sonhava fazer faculdade de moda em Milão, outra colega planejava abrir um restaurante após o curso de Gastronomia, outra seguiria com o consultório de odontologia da família, uma quarta queria muito ser juíza. E Isabela apenas queria que aquele ano acabasse logo, aquele pesadelo de não saber para onde ir mitigava sua paz. Quando passou em uma faculdade particular, o pai nem discutiu a possibilidade de a filha tentar uma vaga numa universidade pública no ano seguinte, ciente do grande sacrifício que seria para ela mais dois semestres naquele ritmo. Aliás, faculdade pública nunca foi uma aspiração para ela. Soube que Atílio tinha se diplomado numa Federal. Inteligente, o menino. Mas nada a ver com ela esse bicho-grilismo.

Guilherme a entediava. Não sempre, mas ultimamente. Andava obcecado pelo apartamento que compraram juntos. Media-o, inventava plantas, confabulava possibilidades. Ergue parede, derruba parede. Perguntava, retoricamente, a opinião de Isabela, que apenas repetia a última frase feita por ele em tom de afirmação. Aprender aquela estratégia foi um alívio que poupava um bocado sua paciência. Morar naquele palacete cosmopolita parecia distante. Pediu muitos espelhos no closet, uma bancada na cozinha, e só. Guilherme recriminou a última solicitação – nada de bancada, muito cafona. Mandariam talhar uma mesa, tinha horror de se empolerar em uma banqueta-engraçadinha-coloridinha para tomar o café da manhã. Gostava de se sentar à mesa, abrir o jornal, ocupar espaço com a xícara. Nada de soluções criativas para espaços pequenos. Fez questão de um apartamento de 190 m2 para não passar por aperto. E ainda tinha o papel de parede. Isabela e ele ainda não haviam entrado por essa seara, mas era um tanto óbvio que ele não dispensaria uma empregada de uma empregada para servi-lo, colocar a mesa, verter o bule de café, até limpar as migalhas de pão com guardanapo de pano, se fosse possível e não tão ridículo. Não gostava da ideia de alguém mexendo em suas coisas, devastando sua intimidade, tendo acesso irrestrito às particularidades veladas pelas gavetas. Mas gostava menos ainda da ideia de ela mesma varrer, lavar, espanar. Não saberia dar esses comandos, na verdade, com o passar dos tempos, parecia saber comando nenhum: vocação para comandada, não para comandante. Logo, Juliana passaria a incomodá-la com mais esse item de afazeres: a escolha de uma secretária do lar. De algum modo, no entanto, pagar uma pessoa para limpar sua sujeira não soava tão normal, um processo espontâneo de sua classe, esperado e inquestionável como passar fio dental após escovar os dentes, como a irmã e o futuro marido faziam parecer.

Era sexta à noite, eles seguiriam para a casa dos pais de Guilherme. Isabela sabia para quê. Não queria. Pediu para parar numa farmácia. Reclamou de cólicas, falou que precisava comprar absorvente. Não havia por que usá-lo, mas o recado seria dado. Guilherme não era dado a contas e cálculos da natureza feminina, só a rabiscos para encontrar o valor do piso aquecido para o apartamento inteiro. Era, igualmente, meticuloso quanto ao asseio pessoal, de modo que o que poderia atiçar outros homens, a ele era um intransponível empecilho. Deixou o noivo dentro do carro e se perdeu pelas prateleiras. Abria xampus, aspirava a fragrância, escolhia cores de esmalte. Mas procurava mais do que devorar minutos da noite ali. Enquanto fingia interesse por escovas de dentes, seus olhos perscrutavam ao redor. E se Atílio estivesse na fila do caixa? E se fosse ele ali, no balcão, pedindo um antiácido? E se ele entrasse repentinamente, em busca de um chocolate para mulher grávida? Agoniada, subiu na garganta o desespero. Onde estaria Atílio naquela noite de sexta-feira? Se ela ficasse ali madrugada adentro, em algum instante, ele chegaria? Num cenário prosaico como uma drogaria, o cheiro etéreo da loja da cura, ansiava pelo milagre da regeneração. Aquele pedaço perdido de sua vida fazia falta, era um órgão pulsante e doloroso. Segurava a caixa de absorvente, enquanto espiava Guilherme bocejando dentro do carro. Poderia ficar ali, escondida atrás da gôndola, à espera de Atílio. Voltou para seu noivo, após alguns minutos infrutíferos naquela espera. Uma tristeza a manteve quieta pelo caminho. Guilherme que pensasse se tratar de uma dor de cabeça menstrual. O coração de Isabela pesava uma perda que não tinha nome, pois era de algo que nunca teve. Naquela noite, ela e o noivo dormiriam juntos, abraçados, como amigos, sístoles e diástoles alternadas.

Era seu segredo aquela busca. Ainda que o cérebro e os sentidos estivessem totalmente conectados ao entorno, farejando vestígios de Atílio para enredá-lo para seu barco, maravilhando sua travessia, seu corpo não a traía. De sua boca, nunca saiu nenhuma palavra sobre aquela pauta romântica. Mas aquilo que nutria, adubava e abundava dentro dela era bonito, era ardente e era sincero, não devia ser escondido. A vontade de Isabela era cantar sua procura, pedir socorro, criar uma corrente forte que o pescasse no meio da multidão e o colocasse em sua frente. Não podia. Acima de tudo, era uma mulher comprometida. Não podia revelar a ninguém que estava à caça de Atílio, sendo que o dono do anel em seu anelar era Guilherme. Aquele segredo a sufocava, uma bola de angústia como uma embolia prestes a sangrar. Ligou pra uma amiga dos tempos do colégio. Uma colega querida, relativamente próxima, certamente uma das madrinhas de seu casamento. Perguntou como ela estava, investigou novidades. Não tinha coragem. Telefonou determinada a contar do sonho, confabular com ela essa maluquice do subconsciente. Medrou. Desligou logo, assustada com a confissão não confessada. Estava sozinha naquela empreitada. Tinha 28 anos, o suficiente para aprender algumas máximas da vida. O segredo não pode ser partilhado, nunca. O segredo só se mantém como tal se não exteriorizado. Se duas pessoas o souberem, pronto, perdeu o status rútilo de exclusividade para ganhar o rótulo puído de fofoca. Não foi assim com Laura? A amiga, no colégio, namorava Augusto, mas se interessou por Lucas, o melhor amigo do namorado, e caiu na besteira ao confessar à Tábata, secretamente apaixonada por Augusto. Tábata, obviamente, deixou a confissão escapar. Laura ficou sem Augusto e sem Lucas, mas Tábata também. Triste fim para o quadrado amoroso, e o fato de Isabela recordar ainda daquele quadrilátero era significativo – algumas revelações são perpétuas.

Gostava de escutar as músicas da época da adolescência. Suas playlists preferidas eram formadas por canções-sensação do início do novo milênio, que embalaram seus dias estudantis. *Misunderstood* era uma febre. Na apresentação de fim de ano, todos piraram para dançá-la, coreografias mil, mas só uma equipe daquelas formadas pelos professores de Educação Física foi premiada com a possibilidade de esbanjar a jovialidade em lycra apertada sob o embalo de Bon Jovi. Esse show era um pretexto e uma oportunidade para os alunos se produzirem de modo descomunal para uma dancinha de colégio. As meninas espremiam-se em tops, arredondando seios e esmagando as cinturas. Os hormônios, em tempestade caudalosa, clamavam por uma catarse coletiva. Era a chance de desfilar e se autopromover, a necessidade de se saber excitante maior do que a excitação, efetivamente. Enfiados nos trajes casuais durante os dias letivos, qualquer réstia de liberdade era usufruída como um verdadeiro habeas corpus, numa tentativa de invadir a imaginação do gênero alheio e provocar um sentimento tão ansioso que sequer poderia ser chamado de desejo.

Naquele ano de 2003, o atrativo feminino era um tal de Duarte, um aluno do 2º ano, cheio de charme e estilo, que inventou de criar uma banda. Derretia meninas com uma facilidade invejável, exalava mel e picardia, e agora, à frente do palco, era uma panela de brigadeiro borbulhante para corações desprevenidos. As amigas de Isabela gritaram horrores quando Duarte subiu ao palco, o teatro praticamente foi abaixo com a histeria irrefreável. Isabela não negava, Duarte era incrível. Mas aquele negócio de música, violão e cabelo jogadinho não a impressionava. Atílio também se apresentara naquela ocasião, uma singela canção na gaita. Esse era o magnetismo despojado dele, uma gaitinha de boca soprada quase timidamente. A apresentação não foi sexual, apelativa, mas foi simpática. Reconstituindo a cena, Isabela lembrou-se de ter se inundado de ternura com aquele número. Atílio era um fofo. Só um menino sensível para tocar uma gaita. E ele tinha talento! No final do dia, lamentou o perfil sem graça do namorado. Ele não tocava violão, nem gaita, nem flauta, nem a campainha. Era um carinha seco de virtudes artísticas, a atividade mais diferente em que se aventurava era o skate. Isabela voltou para casa com o gosto da frustração estalando na língua.

Ir ao shopping, naqueles dias, era mais do que um passeio comezinho: virou a chance da vida. Imaginava encontrá-lo saindo de um provador, comprando uma casquinha de sorvete, esperando na fila do cinema. Fazia praticamente uma via-crúcis pelos grandes centros comerciais da cidade, aquecida pela flama da esperança. Era uma tática inteligente, afinal. O seu Atílio não teria ojeriza ao capitalismo, pelo contrário, teria uma boa relação com dinheiro, talvez uma coleção para ser alimentada e que a inspirasse em datas especiais. Precisava desenhar um perfil para seu amor desconhecido e preenchê-lo com um estofo ficcional, e nessa empreitada, Isabela criava a personalidade que a agradava. Para forjar Atílio, meditava sobre as características que a atrairiam em um homem, exercício inédito em sua jornada amorosa, aluna que fazia a prova sem sequer revisar o caderno na noite anterior. Não queria um príncipe, queria um homem real, do jeito que ele fosse, e assim o projetava, entre seus desejos e a intuição de quem ele seria. De todo modo, era humano, alguma previsibilidade havia em seus atos. Ele tinha que comprar presentes para a mãe, não tinha? Deveria ir ao cinema. Conhecer os lançamentos literários. O shopping, em algum momento, faria parte da rota de Atílio, e virou locus privilegiado da investigação de Isabela. Em alguns dias, Guilherme a acompanhava. Não gostava, mas não tinha como dispensar a presença do noivo. Fingia interesse em vitrines, inventava vontades, dizia-se enamorada por uma loja de decoração e enxoval. Na verdade, só queria olhar. No vai-e-vem da multidão, Atílio poderia ser o loiro a segurar uma sacola ou o rapaz com o cachorrinho no petshop. Não queria estar com Guilherme por três motivos: para observar tudo melhor, para não impedir uma aproximação de Atílio, caso o achasse e, sobretudo, para não humilhar o noivo – tinha certeza de que seria uma cena romântica, de reencontro, quase de reconciliação, e Guilherme não merecia passar por esse vexame.

Combinou um happy hour com algumas amigas do tempo de colégio. Os laços de amizade entre Isabela e essas meninas eram bastante fortes e sustentados com mensais telefonemas e saídas. A despeito do tempo passado e dos caminhos diversos, o grupo não se deixou afastar, resistindo a intempéries naturais que desgastam até as relações mais sólidas. Às vezes, punha-se a refletir por que a união persistia. Tinha outras amigas, fez um círculo bacana de pessoas na faculdade, até mesmo no trabalho, mas nada se comparava às primeiras BFFs. Eram garotas com quem ela tinha dividido o lanche, no jardim de infância, e não duvidava de que estaria no batizado dos filhos delas, quando e se eles viessem. Elas já tinham viajado juntas, chamavam os pais umas das outras de "tio" e "tia", conheciam-se profundamente. Era uma relação bonita, mas um tanto restrita, um universo à parte que construíram juntas. Depois de tanto tempo, amavam-se e perdoavam-se. Não precisavam se descamar, se revelar, o outro era si mesmo. Aturavam, chegando a encontrar beleza e graça, os defeitos, os deslizes, os achaques e ataques mútuos. Eram mimadas, mas se mimavam. E parecia que em nenhum outro grupo seriam alimentadas com tanta empatia e acolhimento. Manter as amizades iniciais era cômodo, era estar entre iguais, em que se é permitido ser quem se é, sem reprovações, sem retoques. Por isso aquele grupo seria eterno, pois nada mais forte do que um passado em comum para amalgamar as pessoas. De qualquer modo, o encontro era uma oportunidade. Poderia investigar com elas o paradeiro de Atílio. Isabela não era um tipo tímido, mas fazia-se corada só de pensar no nome proibido. Atílio. Sentia a língua tocar o céu da boca, o ditongo explodindo como estrelas, o réveillon particular que aquele substantivo lhe provocava. Pediram drinques, riam alto. Duas ali à mesa seriam suas madrinhas, convidadas com caixinha decorada, champagne e bombons. Foi ao casamento de outras duas ali, uma com uma discreta barriguinha, alisada constantemente, no ventre todas as promessas de ventura e bonança. A outra era dona de uma história que, ultimamente, entristecia Isabela. Joana namorou Sérgio dos 18 aos 22. Foram apaixonados, fizeram tatuagem juntos, viajaram a Europa inteira, amaram-se do nascer ao pôr do sol. Aos 23, casaram-se, uma espécie de loucura para uma geração que posterga o matrimônio. Eles, não: queriam viver juntos. Foi uma cerimônia linda, a primeira das amigas a trocar alianças. Ninguém duvidava daqueles dois. Por um ano e meio, suportaram-se. Antes de comemorar bodas de algodão, os papéis de divórcio assinados. Paramos de nos amar, Joana explicava para o mundo incrédulo, boquiaberto diante do estilhaço daquilo que parecia ser um diamante. O amor dos dois evaporou. Quase cinco anos depois, Joana nunca mais tinha visto Sérgio. Nada. Nenhum encontro fortuito, nenhum contato, nenhuma trombada. Ambos viviam na mesma cidade, em bairros vizinhos, mas parecia que a vida tinha redesenhado os roteiros dos dois para não haver chance de aquelas almas, que muito se quiseram, se aproximarem. O destino não queria, como se tivessem se gastado, como se o tempo entre eles estivesse totalmente exaurido. As amigas estranhavam, mas Joana garantia: naquele tempo todo, eles se afastaram a ponto de se desconhecerem. Se a cidade fazia isso com dois seres que já tinham partilhado tudo, igualmente seria capaz de apartar dois seres que jamais tiveram algo. Curitiba, nessas horas, parecia imensa, cheia de esconderijos, becos e programações. Isabela, como num labirinto, não encontraria a saída, a porta que lhe devolveria o arco-íris. Joana, possivelmente, casasse novamente, tivesse filhos. Quem sabe, nem contasse às crianças que um dia teria sobre seu passado, sobre os planos imensos que havia feito com outro homem que não papai, das noites impublicáveis, e calasse aquela parte tão fundamental de si, páginas rasgadas de uma vida que abandonou, nenhum fiapo de sua biografia alterado por conta daquela paixão. Sérgio, antes o homem da sua alma, virou um ramalhete no lixo sem deixar o mínimo vestígio. Um dia, quem sabe, o irmão de Joana visse o ex-cunhado na rua, os dois se cumprimentariam, perguntariam amenidades, apertariam as mãos e seguiriam os respectivos caminhos. Triste fim ou fim feliz?

Isabela foi interrompida de seu turbilhão pelos relatos de Bruna, uma solteira que desfrutava intensamente as condições de seu estado civil. Teve certeza de que todas ali a invejavam. Por mais que as alianças e os solitários adornassem os dedos, por mais que falassem dos cônjuges e enviassem mensagens melosas, todas queriam saber detalhes das últimas aventuras de Bruna, que os contava deliciosamente, como se o sabor de suas histórias fosse envernizado por uma demão a mais de crocância ao perceber as amigas famélicas por cada descrição, sentindo estalar nas bocas em bicos de assombro e prazer como sua vida era irresistível e desejada. Conheceu um carinha na balada, altos beijos, comichão, fogueira. Na minha casa ou na sua? Bruna não queria na dela, estava muito bagunçada, mas o rapazote alegou morar com a mãe. Entre conhecer a sogra e se deparar com o caos do apartamento, escolheu o próprio ninho. Mas era tanta roupa fora do lugar, pia transbordante de sujeira, objetos jogados pelo sofá, sapatos no meio do caminho que o ambiente era praticamente insalubre, ainda mais para sexo. Bruna, madrugada avançada, abriu a porta e foi logo recolhendo os pertences, chutando lingeries perdidas, tampando potes de cosméticos. O cara, que estava no auge da tensão sexual, dormiu em algum canto enquanto aguardava Bruna abrir os caminhos para o próprio leito do amor. Todas riram, hipnotizadas pelo relato. A maioria ali residia em lares higienizados, milimetricamente organizados, a perfeição que plainava na sala de estar, repousando sob a luz amanteigada da sanca de gesso.

Isabela não sabia limpar uma casa, e nem precisaria: a casa dos pais (cada vez menos "sua", já se referia a ela como "casa dos pais") sempre irretocável, carpetes aspirados, piso sem ciscos, janelas transparentes. A organização excessiva tem algo de neurótico, de supérfluo, como se as portas fechadas e os objetos no local de origem matassem um filete de vida e emprestassem um ar de sarcófago ao ambiente. Não era uma questão de morte, propriamente, mas de ausência, a bagunça chancela a existência de pessoas e pulsações, as respirações trazem um redemoinho ao local, os sapatos ao redor são de pés que dançaram, os livros abertos estão ali porque foram lidos, os vidros destampados espalham a doçura das promessas e das expectativas, e mesmo uma cozinha suja traz as marcas de uma refeição preparada com os mãos, imprimindo no alimento as digitais, as energias, fragmentos de DNA daquele que se dispôs a nutrir, nada da impessoalidade genérica de uma embalagem transparente, um isopor branco que entrega apenas calorias e não calor.

Pediu mais um drinque, outro, sentia as borbulhas açucaradas descendo pela garganta, a sua juventude ali, ao seu redor, palpável, risonha, unida, presente, e um pedaço longe, em algum lugar, inefável, invisível, mas palpitante dentro dela. Eu preciso de Atílio, poderia confessar, eram suas amigas de longa data, não a julgariam, aliás, a ajudariam, como seria importante compartilhar o sonho e revivê-lo agora vocalizado, a própria voz relatando aquele encontro tão instigante a ponto de virar suas certezas e decantar seu futuro, e como seria maravilhoso, nesse mesmo futuro, poder, ali, sentada com as meninas, descrever seus dias ao lado daquele homem improvável, mas represou, derrotada e constrangida, e voltou para casa ébria e quase infeliz.

Juliana continuava sendo Juliana. Insistia, interrogava, marcava compromissos e avisava depois. Isabela, desligada, alegava excesso de tarefas no emprego. Era mentira, mas o trabalho é sempre um bom títere para as fraquezas pessoais, além de a irmã ser incapaz de mensurar a quantidade de trabalho suportável, desprovida de qualquer atividade laboral. Não que a função de Isabela exigisse tanto intelecto e garra. Como representante comercial de equipamentos médicos, as vendas empreendidas por ela eram maciças, porém, esporádicas, afinal, não se negocia um instrumento de ultrassonografia todos os dias. Podia passar dez, vinte dias sem nenhuma negociação vultuosa. Termômetros, aparelhos de pressão, balanças – esses itens figuravam em seu cardápio ordinário, mas a comissão só era robusta quando uma supermáquina sofisticada lhe era solicitada, toda a tecnologia a favor da saúde. Guilherme gostava de espezinhá-la: algum engenheiro havia identificado uma necessidade, imaginado uma maneira de supri-la e projetado uma máquina para realizar tal tarefa. Mesmo o médico, o ser que usufruiria daquelas molas e engrenagens, precisou de um engenheiro para desenhar, projetar, montar e realizar aquele portal de cura. Como não se sentir importante? Isabela era apenas uma vendedora de luxo, uma ponte de madeira que não contribuía para a evolução social. Guilherme tentava um sarcasmo carinhoso, como para acalentá-la, mas respingava em seu discurso a hierarquia que gostava de impingir entre os cérebros do casal. Isabela se defendia: graças a ela é que os hospitais e médicos tinham acesso a instrumentos estupendos, que sim, salvavam vidas, mas que nada valeriam se mofassem nas caixas, sem ninguém para anunciá-los ao mundo e catapultá-los para dentro dos consultórios. Não havia notoriedade nenhuma em ficar sentada oito horas por dia, ligando para grandes centros hospitalares, mandando prospectos por e-mail, confeccionando livretos informativos sobre as maravilhas do doppler colorido no prognóstico de tumores cerebrais. No entanto, era sua função informar aos desatentos aquilo que a ciência e a tecnologia já haviam viabilizado para auxiliá-los na nobre tarefa de salvar. Isabela não queria confetes, não foi abençoada com o dom da cura ou com a inteligência analítica capaz de criar. Achava fabuloso o ofício dos médicos, eles, sim, presenteados com dádivas celestiais de um amor abnegado à saúde e ao ser humano.

Isabela sabia-se mortal, portava-se mortal, queria ser mortal. Olhava para aqueles trambolhos gigantes, cheios de botões e luzes, brinquedos sérios, frios, ampolas internacionais. Cada um de seus produtos custava milhões. Levaram anos, quiçá décadas, para uma ideia, geralmente muito embrionária e feita mais de desastres do que de acertos, ser viabilizada em uma estrutura metálica, com sensores e dispositivos de inteligência artificial, tão robótica que não parecia ser produzida por humanos, mas por ETs ou seres com alguma ligação especial com uma inteligência superior. Isabela tinha muita dificuldade em falar de Deus ou em pensar nessa existência poderosa e infalível. Não vinha de uma família religiosa, não tinha ligações espirituais com nenhuma fé ou crença, mas, de alguma forma, de uma forma íntima e silenciosa, ela sentia laços a cingirem para um outro plano, uma dimensão espectral, em que explicações não existiam, mas na qual podia depositar suas dúvidas. Essa força sobrenatural a guiava em alguns momentos, não sempre, mas também com uma constância notável a ponto de fazê-la perceber que uma mão maior, mais macia, mais firme, pousava em sua cabeça e poderia conduzi-la. Talvez essa mão, tentáculo de um ser que poderia ser chamado de Deus, fosse a responsável por abrir o cérebro desses gênios e depositar neles o conhecimento necessário para suas criações, mas indisponível ao resto da população. E era essa mesma mão que agora a governava e a escoltava por uma direção que ela desconhecia, mas que desembocaria nos braços de Atílio, do seu Atílio. Era por esse impulso que sentia estar no caminho certo para encontrá-lo.

Da Vinci não estava interessado em aprovar no vestibular, nem em passar valores para vida. O colégio primava, na verdade, pelo contato social, e era de uma honestidade dilacerante como divulgava isso. Não fingia preocupações metodológicas, não se engajava em campanhas de fraternidade. Os alunos mandavam na escola, mais do que os próprios pais, esses também mandados pelos filhos. Da Vinci era um ambiente de networking antes mesmo de a palavra ser moda em terras canarinhas. Um point para se entrosar, fazer amigos conhecer pessoas. As garotas desfilavam seus acessórios mais descolados, os meninos se orgulhavam com os carros de corrida que colecionavam. O uniforme, tão logo a criança fosse capaz de ir aos shoppings e lojas e montar o próprio look, era afrouxado. Pedia-se, na cartilha recebida no começo do ano e jamais lida, para que os estudantes mantivessem apenas o decoro de uma calça jeans básica, nem muito apertada, nem muito baixa, com um caimento civilizado aos corredores escolares. Mesmo esse pedido ínfimo era passível de ser ignorado. Quem ditava se ele seria ou não respeitado, no entanto, eram as tendências das passarelas e das grifes. Nenhuma menina simplesmente abusaria de uma calça abaixo dos ossos da bacia por vontade, apenas se assim uma outra cartilha, essa sim lida, relida, decorada e adorada, estabelecesse aquela vestimenta. Assim, Da Vinci virava uma extensão dos estúdios de moda, além de uma redação editorial para divulgar, solidificar, edulcorar e, especialmente, gongar as tendências de estilo, forma e comportamento. As salas de aula do Da Vinci assistiram à febre das calças bordadas, das calças com glitter, dos saltos de acrílico, das blusas justas, das blusas com mensagens mal-educadas, dos moletons com marca estampada, dos brincos de argola pesando no lóbulo, dos chicletes importados, das pulseiras cheias de berloques, dos tênis rabiscados com BIC. Os professores passavam trabalhos sabendo que não serviriam para engradecer intelectualmente os pupilos, tampouco para fazê-los obter nota para o bimestre – era apenas um argumento para os grupos se encontrarem, namorarem, esbanjarem dinheiro em maquetes encomendadas em empresas de arquitetura. A maioria dos ali matriculados eram provenientes de famílias abastadas. Não eram casos de dinheiro contadinho para suprir a mensalidade e passar o resto do mês à base do suor e do suplício – o pai trabalhador não era uma figura estimada pelos dirigentes, e esse recado era logo mandado para o coitado que tentasse, com humildade e boas intenções, matricular o filho naquela instituição tão prestigiada, mesmo sabendo que isso consumiria o sossego financeiro da família, abnegação disposta em nome de uma ideia de futuro e de oportunidades. Ali, não resistiam filhos de assalariados, e sim de sobrenomes portentosos ou de herdeiros que certamente não teriam como preocupação levar o pão para a mesa. A diretoria não fornecia bolsas quase por uma atitude de caridade às avessas: sabia que aquele ambiente era para iniciados. Quem se sentiria confortável, oriundo de uma classe menos afortunada, em um círculo em que viagens internacionais eram a pauta da maioria dos assuntos?, era a justificativa de Antonia Gutierrez, a quatrocentona que comandava há séculos o Da Vinci, ela mesma uma herdeira, mas a figura por trás da transformação do colégio. Se ele um dia foi referência na cidade pela qualidade de ensino, nas últimas décadas, ainda que essa pecha não tenha sido completamente esvaziada, era apenas uma lembrança esboroada de uma época que nem mais faria sentido socialmente. Havia, sim, atividades incríveis na instituição, e era por isso que ali ainda não virara por completo um clube. Os cérebros juvenis, já bem alimentados com ômega-3 de salmão e castanhas, eram lustrados em campeonatos de xadrez, aulas de conversação de alemão e francês, estúdios de canto e de dança, campeonatos esportivos, aulas práticas em laboratórios de Biologia, oficinas de criação literária, campo de observação astronômica. A presença neles era obrigatória, ao menos, no cumprimento de uma dada carga horária estipulada pelo colégio de acordo com a idade. Eram nesses meandros curriculares que o Da Vinci cintilava em um céu educacional obscuro, dominado por um buraco negro. Qualquer cometa com uma cauda mais adornada reluzia facilmente em um cenário de escassez de estrelas. Mesmo o QI do mais relapso dos alunos não saía ileso. Aprimorar os saberes e a sabedoria naquela constelação de oportunidades não era um esforço, mas um ato automatizado, que se dava quase compulsoriamente. Qualquer aluno, diante daquele mundo de conhecimento, em algum momento, seria considerado inteligente ou experiente ou fluente em uma língua ou preparado para governar o país. Isabela sempre se sentiu desvocacionada, como se alguma inclinação lhe faltasse e ela fosse esvaziada de aptidões naturais para arte, ciência ou matemática. Não se reconhecia como criativa, nem como líder, muito menos como filantrópica. De todo modo, eram interessantes aqueles cursos por dois motivos: o inegável autoconhecimento que eles legavam, afinal, nem que seja para saber no que você não é bom é preciso experimentar, e também pelo intercâmbio com outros colegas, estabelecendo um convívio com pessoas de classes diferentes.

Isabela e Atílio chegaram a partilhar a bancada em um módulo de Culinária, já no Ensino Médio. Lamentavelmente, agora ela se recordava, Isabela faltou mais do que deveria para colher memórias daquele breve semestre que poderia ter passado mais tempo ao lado dele. Rasgando as sinapses em busca de uma fagulha que fosse do passado, resgatou, como as mãos que afundam em uma terra seca e farta, apalpando a mínima raiz, e encontram uma cenoura já corroída, um episódio: Atílio preparou um ovo que foi muito elogiado pelo professor. Era um ovo pochê. A gema ficou vívida e escorreita, enquanto a textura da clara se desmanchava com as colheradas. Atílio sentiu as bochechas coradas com os elogios. A sala aplaudiu, assobiou. Isabela não gostava de ovo, não deu importância para aquele evento, ainda que a timidez súbita do rapaz a tenha atraído. Agora, anos passados, ainda sem um apetite especial por ovo, imaginava Atílio na bancada de casa, quebrando com maestria as cascas vermelhas, manuseando sal e pimenta, experimentando a ebulição na temperatura certa para mergulhar aquelas sementes de vida na água e salvá-las de lá no momento correto. Ele sorriria com o resultado, ainda um pouco vermelho, orgulhoso do feito-perfeito, e Isabela devoraria a garfadas, cheia de volúpia, o prato com assinatura de Atílio.

Foi por acaso, uma coincidência que só açulou aquele sentimento vívido e incandescente, nacarando-o com uma camada a mais de desejo. Isabela estava arrumando o quarto da casa dos pais, local que em breve esvaziaria e deixaria para construir o próprio lar. O armário embutido foi desenhado pela mãe quando Isabela entrou na faculdade e a família, quase em um conclave, decidiu que era hora de o quarto da menina abandonar o ninho pueril e provençal e ser redecorado para abrigar a história de uma universitária. Um dia, Isabela viu seu quarto invadido por profissionais, prancheta embaixo dos braços, lapiseira fazendo arcos invisíveis nas paredes, e soube que sua mãe já havia projetado os móveis, escolhido papel de parede, o padrão do piso de madeira, a cortina encomendada na Itália. Juliana sugeriu um espelho arredondando, um quadro abstrato em amarelo e cinza e um boudoir em frete à cama. Em torno de quarenta e cinco dias, Isabela despediu-se de ursinhos e lembranças da Disney, um mundo confortável e conhecido, e foi injetada numa redoma clássica e classuda, com ares e refinamento e aroma de adulto. Foi nesse armário que Isabela guardou por anos alguns diários rabiscados na adolescência. Eram páginas tolas, coisas bobas de meninas, anotações infantis, engraçadas, despropositadas, um recorte de memórias. Por curiosidade, abriu um bojudo, capa de alguma revista teen consumida na época, bilhetes vazando pelas laterais, entradas de cinema, fotos. Folheou as páginas, melancólica, saudosa daquela Isabela tão leve, tão leve que era praticamente rarefeita. No dia 3 de agosto, uma lista divertida: meninos com quem eu ficaria. Numerados de 1 a 10, nomes masculinos sinalizavam vontades escaldantes ou escusas, pretensões, inclinaçõezinhas. Engraçado ler aquilo, mais de dez anos depois, e constatar que algumas daquelas inclinações foram realizadas, saíram do sonho do papel e se transformaram em beijos em baladas, em luau na praia, em encontros marcados pela internet. E lá, em sétimo lugar, escrito com sua letra miúda e esparramada, a caligrafia inegável da juventude, ele, Atílio. A Isabela de 15 anos queria ficar com Atílio, possivelmente era só um enlevo, uma brisa tímida, a vontade gêmea a todas as garotas do Da Vinci em se tratando de um gatinho. A Isabela de quase 30 queria Atílio, sentimento estrondoso e inexplicável que não se esgotaria em uma listinha enjambrada para matar o tempo. Na lista da Isabela adulta, não mais havia 10 nomes, apenas um, o único possível.

Naquele sábado, Juliana havia inventado um churrasco na casa dela, aproveitando a presença bissexta de Júlio na cidade. Isabela achava aquele evento despropositado – a irmã tinha poucos amigos, na verdade, não se lembrava de nenhum amigo de longa data, alguém que frequentasse a casa e ligasse pedindo por Juliana. Para Isabela, essas festinhas serviam para reunir queridos, pessoas de quem se gostava, mas o cérebro das duas não funcionava da mesma maneira. Lotar a casa de conhecidos e pessoas pouco estimadas parecia a intenção da irmã. Possivelmente, Juliana estivesse com abstinência de organização de festas, e o casamento de Isabela passava ao largo de satisfazê-la, de modo que "churrasco" era um nome muito reles para batizar aquela noite refinada e tintilante confeccionada por ela. A irmã torceu o nariz quando viu a caçula chegar – um suéter cor de creme, calça jeans e sapatilhas. A despeito das vezes em que saía e havia a chance de encontrar Atílio, quando essa possibilidade não existia, Isabela voltava a seu estilo natural e se vestia sem inspiração. Juliana verbalizou a reprimenda, esfuziante numa saia que valia o salário de dez trabalhadores. Precisa se cuidar mais, o que o noivo pensaria? Isabela, honestamente, não se interessava pelo que o noivo pensaria, mas não poderia dizê-lo. Andava desanimada com esses lances de sedução. No começo do namoro, até se atrevia, decotes, saltos, pérolas, perfumes. Tentava manter – sem notório entusiasmo – os mistérios, os véus e as odalisquices naqueles dois anos e meio, mas, desde o advento Atílio, a única empolgação que tinha para se envaidecer era a chance de encontrá-lo. De certa forma, esses artifícios amorosos, para ela, eram mais um item da cartilha do que um impulso genuíno. Quando as amigas combinavam de ir a sex shops, Isabela ia junto. Riam muito, colecionavam memórias nesses passeios. Ela olhava os brinquedinhos com um misto de curiosidade e espanto, não com excitação. Sempre saía com uma sacolinha, mas com artefatos comportados: um gel para esquentar, dados de ação, uma fantasia de babá. Isabela não se considerava conservadora, no entanto, de algum modo, naquele relacionamento não cabiam ousadia e originalidade. Parecia que o básico atendia a ambos. Se era bom ou não, eles nunca discutiam. Leitores da mesma cartilha, nenhum dos dois parecia esperar muito mais do que aquele namoro podia dar. Assim, perdeu a vergonha de Guilherme vê-la sem maquiagem, com roupa básica, natural. Ele parecia não se importar, amá-la acima disso. Isabela sequer se sentiu mal perante aquelas mulheres exuberantes, esplêndidas em joias e cabelos, até porque não era feia e não precisava se esconder em camadas de ilusão. Exageros de Juliana. A irmã, mesmo num evento em que podia baixar toda sua louça inglesa e colocar na vitrine o crème de la crème da elegância em recepções domésticas, não parecia vaporosa, mas preocupada. Quase infeliz. A cada momento, algum detalhe microscópio a empertigava. Num momento, era o traje de Isabela – muito esporte, pouco fino – que parecia destoar do restante da decoração. Noutro, o patê de pistache que não lhe contentava. Uma nódoa de vinho da toalha marfim e lá vinha o bico amargo da irmã. Isabela jamais a aconselharia, mas aquele azedume não combinava com uma anfitriã. Ou Juliana se despia daquela farda militar, ou os convidados prefeririam assistir a uma sessão de mergulhos de baleias. De qualquer modo, todos eram egoístas o bastante para se ocuparem para além das respectivas taças de bebida, esvaziadas em goles longos e rápidos. Isabela até tentou interagir em um outro grupo, mas o "eu" era sempre centro de qualquer conversa. Eu, eu, eu. Todos pavões, coloridos, abertos, exibidos, lapidando os troféus e espanando as dores. Guilherme, inclusive. Derretia-se de vontade de corrigi-lo em algumas histórias quixotescas, mas, no fundo, sentia dó. Em algum momento (ou em todos?), o papo enveredou para imóveis. Não existe crise para quem está no topo, mesmo assim, a cantilena de reclamações. As críticas ao governo, à administração púbica e à população estouravam como pipocas nas bocas aguadas de óleo quente. Guilherme orgulhava-se do apartamento, a que chamava de "meu apartamento", uma variante do "eu". Mal tinha completado 30 anos e já tinha a casa própria. Claro, era uma questão de planejamento e estratégia, mas o imóvel é sempre uma garantia sólida de um futuro promissor. Quem o escutasse, talvez pensasse em uma casa adquirida com o trabalho incessante de anos. Isabela, porém, mal se sentia dona do lar – 1/3 foi quitado pelo sogro, o outro 1/3, pelo pai. O restante foi diluído em dez anos, em parcelas polpudas que o jovem casal pagaria talvez até com a ajuda providencial de um depósito parental no fim do mês. Para a sociedade, porém, seriam donos, proprietários da casa, uma conquista deles, sobeja e soberbamente deles. Era isso que importava, afinal. Quantos ali não estariam vomitando igualmente pérolas sem sequer ter aberto as ostras? Todos pertenciam ao mesmo local, mas Isabela percebia-se uma pária. Pensou em se levantar e procurar a irmã, mas ficou brincando com os pequenos temperos de porcelana, inventando um jogo mental que a divertiu pelo restante da noite. Só declarou partida perdida quando o noivo combinou uma viagem a Camburiú no final de semana seguinte.

Naquela noite, a falta que sentiu de Atílio foi quase espiritual.

A vida a dois de todos naquela recepção regada a cortes finos e vinho branco era, aparentemente, muito simétrica. Não havia um casal que destoasse, um marido que acarinhasse os cabelos da esposa durante as conversas ou uma mulher que subisse os pés no tornozelo do amado. Isabela sentia falta de uma atmosfera de romance. Já não a nutria apenas a paixão por Atílio – ela carecia de mais eflúvios românticos para saciar sua alma. Queria músicas, filmes, histórias e vidas mergulhadas em um tonel de mel e pimenta rosa para aquela sua larica ser arrefecida. Qualquer beijo mais inspirado a faria se lambuzar. Por infortúnio, todos os ambientes em que circulava eram desprovidos daquela aura amorosa. Se não havia espaço para solteirice, tampouco havia para a paixão. Ninguém era divorciado, pois isso significaria ter ponderado sobre o relacionamento, e aqueles noivados e casamentos apenas eram. Existiam, criados por cissiparidade, por um acaso social que unia dois seres produzidos pelo mesmo mundo. Todos aqueles encontros eram naturais e esperados. Não havia nenhuma verdadeira história de amor, aqueles casos que, ao serem compartilhados, causam arrepios e invejas. Os casais encontravam-se não no sinaleiro, ou na livraria, ou num aplicativo de internet, mas porque tinham amigos em comum. Mesmo o namoro de Isabela e Guilherme começou assim, morno e previsível. Ele jogava tênis com Júlio. Juliana, não exatamente um cupido, organizou uma reunião em que os dois foram apresentados. Conversaram boa parte da noite, Guilherme não era bem-humorado, mas a tratou com gentileza e atenção, e ainda pediu o número de telefone e efetivamente ligou no dia seguinte. Saíram para jantar numa casa de massas recém-inaugurada, dividiram uma garrafa de vinho incrível e ele a beijou na porta de casa. Foi um beijo bom. Isabela não esperava um amor transformador, que acendesse um vulcão. Via a mãe, a irmã, as amigas. Amor era tranquilidade, segurança, presença. Dois seres com valores parecidos que caminhavam rumo a uma estrada de mão única, visando o mesmo pôr-do-sol. Aquele amor de tirar o fôlego, de perder a noite e de se revirar ao avesso era um delírio adolescente descabido na rotina bem esquadrinhada de Isabela. Já estava na idade de um enlace mais duradouro, alguém que quisesse mais compromisso e menos emoção. Guilherme se encaixava no perfil, e ela, por outro lado, também era uma mulher tramada com os fios do novelo comportamental emaranhado de geração em geração, uma mão enrolando a carreira no carretel dos costumes, até que, quando se vê, já se está incrustada nesse meio, essa lã já constitui seu ser.

Quando encontrasse Atílio, teriam um romance como enredo. Mais: um conto-de-fada. Um casal que se conheceu na adolescência, passou anos sem se ver, mas quando se encontrou, a magia de uma lâmpada ascendida aos céus, transformando as abóboras em carruagem e acordando a bela adormecida de um torpor que a mantivera inerte até então. O beijo de seu príncipe devolveria todos os sentidos à Isabela. E essa história seria compartilhada às gargalhadas e aos sussurros, devolvendo os sonhos de ouvintes desacreditados no sonegado, mas ainda soberano, amor.

A semana que separou o churrasco da viagem foi apática. Isabela combinou na terça-feira de ir com 2 amigas a um show de jazz no hall de um hotel que andava organizando esse tipo de evento. Eles estavam afamados, gente cool e cult frequentando. Isabela não tinha nem um, nem outro perfil, mas quem sabe Atílio tivesse. Mais uma chance de encontrá-lo. Saía de casa com o coração vibrando, uma eterna expectativa de primeiro encontro. Como corroía a ansiedade por não saber se a paixão irá aparecer na porta ou sequer irá mandar um sinal. Não se lembrava de ter vivido aquele grau de angústia embolada ao desejo por nenhum outro namoradinho. Teve, claro, umas paixões estrondosas, daquelas de abrir fendas no tempo e no espaço e de fazer a Terra fremir sobre os pés. Eram sentimentos efêmeros, que duravam uma estação e não chegavam a preencher 20 páginas do diário. Aquele sentimento que agora estofava todo seu interior – não era apenas o coração, era como um tecido macio que atapetava todas suas vísceras, pulmões, estômagos, útero – era palpável, um cobertor volumoso que a mantinha aquecida e revestida contra impactos e, ao mesmo tempo, mais sensível. Desde que o sonho disparara aquele amor, Isabela ativou poderes sobre si mesma, como sentir o sangue escorrendo e ouvir os batimentos cardíacos, galopantes em uma cadência mais forte. Enquanto corria na esteira, em seu exercício diário, notava como todas suas funções fisiológicas andavam alteradas – até o suor gotejava com mais vigor. Derme e epiderme eram outras, descamadas, e agora seu revestimento era apessegado, com um frescor de fruta que anseia por ser colhida e devorada. Essa revolução que a desorganizava e a ordenava não causava espanto em Isabela: antes, quase a comovia. Então era assim o amor. Os poetas, os escritores, os apaixonados tinham razão. Ah, sim, o amor era tudo isso. E tudo aquilo de antes, então, definitivamente, não era amor. Conseguia pensar no sentimento em sua integridade, todas as letras bem pronunciadas, A-M-O-R, não uma palavra tola e obrigatória, mas aquele cobertor espesso e almofadado que a tornava a mais humana das humanas. As retinas se coloriam de rosa e um aroma salpicado de baunilha borrifava a cada movimento. Como era bom aquele delírio. Obrigada, Atílio, onde você estiver, obrigada.

Mas lá, naquela noite do jazz, ele não estava. Cadê você?, Isabela suplicou baixinho, tomando Manhattan e apreciando os trompetes afinados de um trio americano que caprichava na apresentação à meia-luz. Sempre gostou de música, de boa música, e o gosto foi apurado com o passar dos anos. Já não se aglomerava em festivais juvenis com filas obscenas. Preferia pagar caro e investir um pouco em conforto – área vip, entrada exclusiva, pulseirinha e, quem sabe, até uma foto no fim do show. Será que não perdia de vista Atílio em um desses eventos mais pé sujo? Ele poderia arrastar o pé em um forró ou ainda pular descontroladamente aos metais de um rock. Na sua imaginação – mais, na sua intuição –, Atílio era um tipo menos extrovertido e baladeiro. Ele escutaria música no carro e em casa, nas listas montadas por si mesmo nas plataformas online. Com uma pitada de sorte, tocaria Aerosmith em uma dessas faixas randomizadas e, como são as brisas pretéritas, suaves, discretas, uma menina de sua adolescência emergiria à mente. Como era o nome daquela garota? Bonitinha... interessante... Isabela adorava Aerosmith, ele saberia disso por algum motivo, assim como Isabela, por algum motivo, soube que ele quebrou o braço ao cair no Bar Mitzvah do primo. Os colegas de um mesmo período escolar fomentam uma espécie de inconsciente coletivo, em que informações, detalhes e segredos são depositados aleatoriamente, uma enorme colcha de retalho sobre biografias, famílias, vergonhas e pecados com a qual todos e todas contribuem, uns com pedaços generosos de tecidos coloridos, outros com rendinhas rasgadas, apenas para bordar as pontas, mas infalivelmente com uma porção de cada um daquele ano, daquela série, de modo que não haveria como simplesmente ter sido esquecida por Atílio. Mesmo que a memória dele tivesse esvanecido, em algum neurônio, em algum bolso de alguma calça, ele seria capaz de resgatar Isabela.

A imagem de Atílio flutuava pelo ar naquela noite morna. Era uma ausência materializada. O Atílio adolescente não parecia distante do Atílio adulto. Ele não teria se transformado em um bad boy, um cara mal-encarado e criminoso. A alma dele era pura. Não era inverno, se não, seria capaz de encontrá-lo distribuindo sopão para moradores de rua. Isabela sabia, por cima, dessas ações sociais, ainda que não tivesse se envolvido com nenhuma. Adicionou essa atividade à sua lista mental de lugarejos e refúgios em que pudesse recuperá-lo. Fechou os olhos, escutando a voz árida do cantor e embalada por uma cena

– Atílio entregando um prato fumegante a mãos cansadas e famintas. Ele sorriria, naquele seu jeito tímido, e a pessoa o inundaria com uma luz de bondade e gratidão. Ele seguiria seu trabalho, aquecendo estômagos suplicantes, até que o fim da fila chegasse e ela estivesse lá. Ficaria com migalhas, se nada mais tivesse sobrado. Estenderia as mãos, depois os braços, doando-se para seu doador. O olhar de Isabela seria famélico, como quem esperou por muito tempo por aquela refeição, arrebatada pela fome na alma que só Atílio saciaria.

Quando as cortinas se fecharam, as meninas puxaram assunto. Queriam saber do casamento, marcado para ali 100 dias. Isabela se deu conta de que os dias fluíam como areia. Não à toa, a irmã andava desesperada. Sequer tinha escolhido o modelo de vestido. Juliana a repreendeu pelo passeio que faria no fim de semana. Época de pré-wedding não é época de descanso, ela ralhou, a lista de itens sem seu check muito mais gorda do que a esbelta lista de itens com um vezinho verde ao lado. Isabela folheava as revistas, entrava em sites, mas nenhum modelo a agradava minimante. Todos exagerados, com gosto duvidoso, muito tecido, muito tudo. No fundo, casamento era uma ode à cafonice Vestir-se de branco, com um traje que jamais usaria em outra ocasião, racionalmente, não fazia sentido. Casar no cartório, com um vestido menos enfeitado, seria tão mais simples. Abreviou toda essa divagação e respondeu evasivamente às questões. As meninas tinham feito faculdade com ela e cada uma seguiu para um ramo. Uma era dona de uma rede de depilação a laser, outra trabalhava em uma multinacional. Invejou a ambição da primeira, que queria expandir os negócios para fora da cidade, e o talento da segunda, que comemorava a segunda promoção. Isabela não tinha muitas novidades no campo profissional. Não era um emprego invejável, com um salário dos sonhos e com as atribuições de responsabilidade, como Guilherme gostava de frisar, e, de algum modo, Isabela já tinha assimilado tudo isso com uma normalidade apaziguadora. Encontrar pessoas tão animadas com a própria carreira era um alento. As três haviam apresentado o TCC juntas, cada uma com uma vocação dentro de uma área tão diversa. À época, Isabela estagiava em uma empresa de comunicação. Gostava bastante da rotina menos esquemática. No entanto, optou por sair quando a faculdade acabou. Foi permeada pelos discursos que a circundavam. Os pais julgavam a agência muito moderninha, alguns amigos duvidaram da capacidade de sobrevivência da marca. Sem um argumento claro, pediu demissão. Na sua atual empresa, não se apresentava como representante comercial, ainda que fosse exatamente essa função. Dizia-se (porque diziam-na) consultora sênior. Uma vendedora de luxo, já tinha escutado Guilherme a intitulando. Bem que gostaria de ter o canto das sereias dos vendedores. Internamente, quando precisava evocar suas habilidades de persuasão e convencimento, dimensionava como alguém pode se sentir fracassado. Nessas ocasiões, a ideia de que não era boa em nada viajava do passado e voltava a visitá-la. Se não tinha talentos proeminentes na adolescência, eles tampouco haviam florescido na fase adulta. Era a mesma Isabela intelectualmente pálida. No colégio, conseguia ainda se esgueirar nas tentativas lúdicas de oficinas de culinária e nos ateliês de argila, mas agora não tinha muito para onde fugir. Não ser boa em nada era um peso que arrastaria pelo longo da vida, e essas âncoras de ferro volta e meia apareciam para atormentá-la.

Enquanto esperava a burrata cremosa confitada com tomates e uvas balsâmicas, sua atenção foi desviada para um casal na mesa ao lado. Os dois dividiam o minúsculo tampo arredondado, e as cadeiras estavam tão próximas que os joelhos precisavam se encaixar para comportá-los naquele espaço. Eles conversavam entre sorrisos. O rapaz, por volta de 25 anos, investia na garota, que fazia charme arrumando a franja compulsivamente. Ele a fazia rir, mas ela não abria a guarda. Ele tentava uma fala no ouvido, ela se esquivava. Jogo duro você, Isabela supôs ler nos lábios do cara. Ele ficou sério, talvez, desapontado, mas de repente a pegou pela gola do casaco e a puxou com tamanho desejo, tocando os lábios dela com o nariz, que beijo foi instantâneo e incendiário. Isabela quase aplaudiu a cena. Foi belíssima. Era daquele tipo de intensidade que não deixa quem está ao redor incólume. Também era notório ser o primeiro beijo do casal. Não foi muito longo, eles já tinham se desvencilhados e agora pareciam escorrer um em direção ao outro. Isabela soube que foi naquele puxão da gola que a moça se apaixonou. Ela podia ver o exato momento em que o vulcão entrou em erupção e inundou todas as fibras que a mantinham viva, liquefazendo aquele muro que ingenuamente ela tentou erigir entre os dois. Foi o puxão, Isabela testemunhara a fagulha de um amor em seu nascimento, quando o sentimento ganha luz e forma, compulsoriamente, sem deixar escolha para quem vai abrigá-lo. Se ele a tivesse abraçado, ou a trazido para perto pelo pescoço, se apenas a beijasse, seria apenas mais um encontro. Foi aquele gesto, num impulso, irracional, que mudaria a vida daquela garota.

Havia algo de superficial na relação entre Isabela e Guilherme que não exatamente a incomodava, mas a intrigava. Seria sempre assim, um distanciamento quase formal entre eles? Chegavam só até determinada camada após a casca, que não era inteiramente quebrada, apenas uma rachadura fina, um fileto em que era possível sentir a membrana delicada que revestia o recheio, o âmago, a alma. Era um espaço delgado e incomum, que a protegia do mundo externo e de toda aridez que ele era capaz de proporcionar, e ao mesmo tempo era um invólucro que não a deixava mergulhar na essência dourada, naquela parte secreta e suculenta, que escorre e seduz. Eles residiam ali, naquele minúsculo vão, na crosta superior dos sentimentos. Aquele lugar não era exclusivo deles, na verdade. Isabela convivia com várias pessoas naquela fissura, e conhecia tantas outras que fundavam as relações naquele mesmo campo quase impessoal. Com os próprios pais, Isabela sentia, não havia uma profundidade capaz de perfurar aquele manto denso em que as verdades saltam, menos inibidas e mais perigosas. Será que o pai a olharia nos olhos e enxergaria o turbilhão de dúvidas que a acompanhavam desde aquele sonho? O diálogo com o pai não era escasso, mas também não era produtivo. Nos almoços de domingo, assistia de longe os dois, pai e futuro marido, conversando e bebendo whisky, combinando investimentos e discutindo os placares da rodada. Não poderia se aninhar no colo daquele senhor grisalho, enérgico nos negócios e benevolente com a família – como uma legenda de tribuna social o definiu –, e pedir socorro. Com a mãe, um conselho daquela natureza era impensável. Ela não lhe permitiria sequer terminar de formular a frase. Isabela sabia que sua família era igual a tantas outras, como predisse Tolstói no livro que foi obrigada a ler no 1° ano do Ensino Médio. Pior (ou melhor) que o tinha devorado. Algo na melancolia de Anna Karenina soava familiar, como se entendesse. Não o final, esse ela detestou. A morte não era uma opção quando se podia ainda tentar ser feliz. Ser feliz também era uma noção etérea, uma sensação naturalizada. Não se descreveria como infeliz. Também não sabia como era aquele gosto quase insuportável de felicidade, uma explosão que cegava e ensurdecia e inebriava, uma tonteira tão delirante que se emaranhava com dor. Sua secretária talvez soubesse como era esse paladar. Ela parecia nadar em intimidade com todos ao seu redor.

Se Isabela mesma não estivesse bem amarrada à casca, sucumbiria à garota e à sua teia. Via-a falando "minha sogra", "minha cunhada" cheia de propriedade, como se aquelas pessoas realmente pertencessem a ela. Não bastava o marido, os tentáculos familiares a enredavam em uma aliança em que todos andavam plasmados, de mãos entrelaçadas, o problema de um era o problema do outro, a vida de um não existia sem o outro. Isabela se dava bem com a família, convivia bastante com todos, mas aquilo que Sabrina tinha era de uma esfera que lhe escapava. Sabrina levava os sobrinhos para passear, marcava consultas para o sogro, sabia os remédios que a sogra tomava, ligava de tanto em tanto para o marido para falar sobre nada. Eram relações tão fundidas que todos pareciam uma só carne, em um enlace sufocante. Isabela não se imaginava assim com ninguém no mundo, até as presenças cotidianas passavam por canos e vácuos. Mesmo depois daquele tempo de relacionamento com Guilherme, ainda havia escusas entre eles, e nem se tratava daquele segredo íntimo, inconfessável, mas de miudezas, bobeirinhas, manias que não queria compartilhar com ele. Com os pais de Guilherme o convívio era amistoso, cheio de cortesias, e longe de formar uma família. Não poderia, por exemplo, chegar um dia de surpresa à casa da sogra para almoçar. Não cabia aquele despojamento entre elas. As formalidades eram tácitas e extensas: visitas com hora marcada, com dia combinado, às vezes, até com hora de término. Era assim que todos se sentiam bem e seguros. Sabrina, em muitos finais de expediente, avisava em voz alta um "vou dar uma passada na minha irmã", e aquilo era inconcebível para Isabela, um entra-e-sai da casa alheia sem aviso e sem melindres.

Se, um dia, ela ou Guilherme sofresse um acidente, como seria? Um período de cama ou doença, em que um precisasse do outro para as necessidades mais básicas, e a intimidade esgarçada se fizesse imprescindível, mataria aquilo que os ligava? Talvez o relacionamento só funcionasse por isso, pelos espaços vagos, pela atmosfera esponjosa, pelos silêncios e pela frouxidão. Havia uma folga naquele laço, um espaço em que cada um sobrevivia com o próprio oxigênio, como se dividir as partículas vitais e respirar o mesmo ar fosse materialmente impossível. Isabela e Guilherme não respiravam o mesmo ar. Um nó mais apertado estrangularia aqueles dois.

Não era a primeira vez que passariam o final de semana na praia com amigos, mas aquela sensação de estar quebrada tornava a viagem um fardo inédito à Isabela. Se, por um lado, a fuga a desligava dos preparativos para o casamento, por outro, também a afastava da hipótese de encontrar Atílio. Qualquer lugar é sempre um novo lugar para ele estar, ela constantemente pensava, no entanto, aquele apartamento gigantesco com piscina na cobertura e vista para o mar seria uma prisão pelos próximos 3 dias. A turma ali não era afeita a passar horas torrando sob o sol na areia, permitindo que os corpos naturalmente dourados se refestelassem junto a outros mortais. As pessoas gostavam da ideia de praia, e não da praia em si, ordinária o bastante para convencê-las com sua sedução natural. Caso propusesse um passeio à orla, Isabela receberia como resposta estranhamento. Não era para isso que viajavam.

Em um devaneio bom, imaginou que Atílio tivesse casa naquele edifício. Poderia encontrá-lo na escada ou na padaria da esquina. Por trás dos óculos escuros dela e do boné dele, a eletricidade que percorreria entre eles o imantaria. Fugiriam para o mar, se amariam na areia, virariam corpos úmidos e únicos. Na adolescência, costumava encontrar com alguns amigos no badalado balneário em que os pais mantiveram uma casa. Em janeiro, inclusive, marcavam programas de lazer típicos litorâneos – sorveteria, casa de jogos, uma baladinha mais animada, luau –, estendendo os corredores do Da Vinci para as ruelas mal asfaltadas da praia. Não se lembrava de Atílio por lá. Qual seria o paradeiro dele no verão? Havia também a chance de ele ser um garoto do campo e preferir a companhia dos cavalos, recompondo-se do ano letivo em uma chácara. Atílio usaria botinas e calça jeans rasgada, afofaria a terra, beberia leite fresco e montaria nos animais. Isabela gostava do clima ameno da serra, calçar botas e jogar um xale sobre o corpo, andar cortando o vento frio e ser percorrida pelo ar gelado que anestesia as sensações. A viagem a Gramado, no julho anterior, foi uma das melhores com Guilherme. Fizeram ótimas compras, provaram vinhos e chocolates divinos, aqueceram-se sob a lareira em um quarto deslumbrante. Olhando assim, de retrospecto, talvez tivesse sido feliz, embora não pensasse nisso à época. Agora, fantasiava o mesmo roteiro com outro ator.

Os outros três casais que os acompanhavam eram comuns ao círculo social, mas não exatamente amigos deles. Seriam convidados para o casamento, sem dúvida, e Isabela se propôs a conhecê-los minimamente. Afundar-se nas memórias e na paixão por Atílio durante o final de semana inteiro não era uma tática inteligente, então aceitou ir à academia do edifício com Manu, esposa do Digão. Digão era dono de uma enorme revendedora de carros e motos de luxo, e talvez o responsável por açular nos outros caras do grupo os desejos pela maquinaria. Ele e Manu viajavam muito, a ponto de fazê-la sair do emprego que tinha em um banco, num cargo prestigiado, para acompanhar o marido. Agora, ela era proprietária de uma franquia de uma casa de doces, ocupação que era quase um passatempo para mantê-la distraída quando estivesse na cidade. Era um negócio próspero, que não precisava de um olhar muito atento: ninguém resistia a uma trufa recheada.

Enquanto revezavam os aparelhos, Isabela se dispôs a escutá-la. De modo geral, as mulheres com que convivia gostavam muito de falar, sintoma do silêncio a que eram submetidas, envolvidas elas próprias com falastrões eloquentes que usavam a língua tanto para papagaiar como para lamber as próprias botas, vaidosos dos feitos que adoravam galhardear. Manu, no entanto, não dizia tanto de si, e sim ensinava Isabela sobre os lugares a que ela deveria ir. Ainda que conhecesse vários países, Isabela estava longe de colocar o passaporte para competir com o de Manu, que, didaticamente, conduzia a colega para resorts e praias paradisíacas do outro lado do mundo. Esse você vai me prometer que um dia vai conhecer, hein?, ela provocava, deliciada com as próprias lembranças.

Depois de tomar um banho demorado para se recompor do exercício e da cabeça latejando, Isabela juntou-se às outras duas em um carteado. Era impossível não se impressionar com o capricho da anfitriã, Laura, casada com Mendes. Na mesinha reservada para o baralho, havia uma toalha de linho verde-água e uma bandeja de prata, incrustada de pequenas pedras, com uma jarra minúscula de chá, xícaras, açucareiro e molheira, todas as peças de uma porcelana fina. Tudo era de uma delicadeza comovente, e Laura acompanhava aquele tom polido em seus gestos, modos e voz. Ela se daria bem com Juliana, Isabela supôs, as duas trocariam dicas de etiqueta e de decoração. A amizade, talvez, não fertilizasse por um detalhe: a pequena Luma, filhinha do casal de 3 anos. A despeito da mãe, a menina era um azougue. A babá estava sempre a interrompê-la, dona Laura, dona Laura, porque Luma era insaciável em pedidos e melindres. Com licença, Laura pedia, contida, e se afastava para atender a filha. Tinha se apossado da maternidade com a mesma dedicação com que se dispunha a colocar em qualquer afazer. Abandonou a promissora carreira de arquiteta, vendeu o escritório para a sócia e, assim que se descobriu grávida, sua profissão virou ser mãe. Era uma leitora voraz sobre infância e puericultura, estudava com afinco a temática, procurava os melhores métodos para educar Luma. Filhos não costumavam ser pauta nas conversas, nenhum casal traçava esse plano a médio prazo, de modo que Laura era algo retraída, sem interlocução para suas descobertas e dúvidas. Por baixo da postura correta e limpa, Isabela inferia uma mulher tensa, diuturnamente contraída, esmagada pelo medo de errar. Juliana era assim, mas em vez de esconder essa aflição com doçura, estratégia de Laura, a irmã impunha-se uma armadura e mantinha-se arisca e afiada. O medo de a perfeição desmoronar era maior que o medo da imperfeição em si.

Por fim, a companheira de carteado naquela rodada era Emília. Se a mãe a conhecesse, a chamaria de deslumbrada, adjetivo que ela empregava para aqueles tipos meio aéreos e espevitados que parecem uns dois tons acima do resto do grupo. Emília era a mais divertida das mulheres, e Isabela também a deixou gracejar, falante, tagarela, num misto de espirituosidade e ingenuidade que a distraía. Emília era noiva de David, e ao contrário de Isabela, estava empolgadíssima com o casamento e inteiramente absorta no planejamento. Algo nela a remetia à Sabrina. Também se referia a David como "meu noivo", nunca pelo nome, sempre "meu noivo", ora proprietária do rapaz, ora orgulhosa demais do título para abdicar da oportunidade de escancará-lo à sociedade. Isabela jamais falava de Guilherme como "meu noivo", era Gui, para quem já o conhecia, ou Guilherme mesmo. Aquele apoderamento, como se possuísse mais que um homem, mas um objeto, era como algemas que machucavam seus pulsos, e não queria acorrentar e nem ser acorrentada a ninguém por um pronome possessivo. Além disso, achava brega. "Vamos casar" era mais elegante e correto do que "ele é meu noivo", mas isso, claro, era uma impressão de Isabela. Não murcharia com o alfinete da acidez e das boas maneiras o balão de fantasias que levava Emília para um céu alto, de algodão-doce, numa quimera nunca degustada por Isabela. Emília era admirável tanto pela pureza com que abertamente compartilhava tudo como pelo amor que demonstrava por David. Assim como Laura era desajustada com sua maternidade, Emília o era por sua paixão. Ser entregue e passional destoava dos ambientes herméticos e anestesiados pelos quais agora ela circularia. Isabela não conhecia nenhuma mulher que se voltasse ao companheiro com tanta devoção. As pessoas se ligavam por interesses e afinidades, não por atração ou paixão, e Emília era uma sortuda por se casar, justamente, com o homem que amava.

Aliás, assim que se casasse com o "meu noivo" e ele se tornasse "meu marido", Emília estava inclinada a também sair do emprego. Quando quis saber se Isabela já tinha pensado sobre isso, pegou-a desprevenida. Não se imaginava sem trabalhar, posto que, analisando de supetão, era essa a tendência entre seus pares. Ainda que não fosse uma workaholic e sequer estivesse integralmente encaixada à função, era uma ocupação em sua vida. Gostava de ter uma rotina de compromissos, conviver com pessoas, manter-se intelectualmente ativa, mesmo que seu dever fosse só um sopro, um espasmo diante do fôlego de tantos outros vendavais que revolucionavam o mundo. Ficar em casa o dia inteiro, à disposição da agenda do marido, não era, até então, um desejo. Emília estava empolgadíssima com a ideia de abandonar as turminhas na escola em que era pedagoga para se tornar uma esposa. Numa conta rápida, Isabela calculou as amigas que pararam de trabalhar quando se casaram. Não era um assunto explícito ou um acordo nupcial escancarado, mas um caminho natural e inevitável percorrido por todas. Abdicavam da carreira, dos sonhos profissionais e das potencialidades intelectuais em nome de uma causa sem nome, mas compulsória. Podiam viajar, ter tempo livre para si, inventar projetos pessoais, escrever livros, abrir lojinhas, fazer cursos disso e daquilo, supervisionar o andamento da casa. A plateia assistia ao enterro das pretensões sem surpresas e sem julgamentos, como se aquele movimento fosse o esperado, mais: como se fosse o certo. Isabela encolheu-se, tomada por um espanto. Guilherme também exigira esse abandono? De repente, apegou-se à empresa, aos colegas, ao cargo. Não sentiria a leveza de Emília ao partir. Aqueles tijolinhos mal argamassados e distribuídos em uma fileira baixa e cheia de falhas não construíam um império, mas eram seu muro, seu escudo pessoal, erguido com sua capacidade. Para quem sempre duvidou que fosse a algum lugar, aquele emprego era seu lugar.

As palavras de Emília a esmoreceram, e mesmo que quisesse dar mais atenção a ela, foi transportada para longe dali. Afinou a audição para capturar o que os homens, em frente à churrasqueira, discutiam. As mesmas risadas que vinham como trovão de sempre. Eles ficaram responsável pelo almoço – pelo menos, das carnes, já que os acompanhamentos seriam providenciados pela cozinheira de Laura. Cortes nobres, com um selo dourado, seriam petiscados pelas meninas e devorados por eles, animais pré-históricos que precisavam daquela proteína para seguir sua caça. Os assuntos se misturavam: combinavam corridas de kart, analisavam a oscilação da Bolsa, palpitavam sobre bitcoins, criticavam ou edulcoravam políticos, mencionavam aventuras e bebedeiras alheias. Guilherme era um dos mais animados. Isabela já havia notado a tendência do noivo em customizar as próprias histórias: era quase um trabalho artesanal – puxa daqui, alarga as bordas, infla o recheio, redimensiona o clímax, e pronto, tinha um causo em que era mais herói, mais esperto, mais valente, levava mais vantagem. Guilherme era, invariavelmente, o campeão dos enredos. Talvez aquela fosse uma aptidão masculina, mas Isabela só conhecia a verdade daquele universo em particular, e já entendia como ele desenhava os próprios feitos com exagero e com louros que se não lhe pertenciam, não eram totalmente dele.

Os negócios eram um exemplo clássico. Guilherme trabalhava na construtora do pai, ainda o maior responsável pelos contratos e acordos. Na voz de Guilherme, contudo, ele era quem capitaneava a mesa de reunião e abiscoitava os troféus. Não que ele fosse medíocre, apenas Isabela sabia a profundidade daquele discurso. Quando ele dizia “a gente assinou uma obra”, ela escutava “meu pai assinou uma obra e eu vou supervisionar”. Não era uma mulher de ficar corrigindo, muito menos em público. Se aquela característica costumeiramente a irritava, os olhos virando internamente diante daquele aprendiz de Pinóquio, naquele começo de tarde, as tentativas do futuro marido a enterneceram. Ficou com pena dele. Era um sentimento incontrolável, uma comiseração por um comportamento infantil. Por que ele se agarrava às hipérboles, por que ele se exibia daquele modo? Diante dele nem estavam os gênios do grupo, os mais ricos ou populares ou ilustres. Eram homens brancos, de classe alta, com empregos conceituados, eram todos iguais a ele próprio – o que mais Guilherme queria?

Isabela passou o almoço quieta, e toda ciranda parecia ensaiada para manter a homeostase: Laura, de quando em quando, pedia licença para atender Luma, enquanto Mendes farta-se com um pedaço sanguinolento de picanha wagyu, desdobrando-se em autoelogios pela escolha da peça, Emília pendurava-se no pescoço do "meu noivo", Manu reclamava a falta de pratos low carb – aquele churrasco ia minar sua dieta. Não sabia como contribuir com as conversas, como se faltasse assunto. Desde que Emília comentara sobre o emprego, Isabela empertigou-se com o próprio futuro. Talvez os sutis ataques ao cargo da noiva fossem uma estratégia de Guilherme para miná-la de qualquer argumento sobre a importância de ter uma profissão. Mais vale ficar em casa do que continuar falando ao telefone tentando vender máquinas para médicos, poderia adivinhar como ele argumentaria. No entanto, essa artimanha soava muito ousada para ele. Guilherme não seria inteligente o bastante para criar um cenário que diminuísse a vida profissional de Isabela só para dissuadi-la facilmente a abandonar tudo. Os comentários irônicos eram apenas uma bobagem que ele, de fato, pensava, não um pretexto ardiloso. Ou talvez fossem fruto de uma mentalidade moldada a imaginar que, qualquer que fosse, a ocupação de uma futura esposa seria inútil e dispensável.

Ela estava planejando, nos últimos dias, começar uma pós-graduação. Já tinha uma, emendada logo após o final da faculdade, quando um curso de aperfeiçoamento era uma sequência inevitável. Todas as colegas faziam, e Isabela simplesmente as acompanhou, matriculando-se em Gestão de Finanças e Comunicação, que era na própria faculdade que a diplomara. Como não era especialmente estudiosa e já tinha esse grau mais alto do que um simples nível superior, não pensou mais nisso por vários anos. Agora, motivada pela necessidade de novos ares e de alargar suas fronteiras, pois Atílio poderia estar escorado em uma dessas franjas, pensava em um curso mais genérico, que pudesse despertar atenção de várias profissões. Gestão de pessoas estava em sua mira. Já até pesquisara detalhes. Andava afamado, com intensa procura por diversos profissionais. Todo mundo queria ser líder, ou, mais claramente, mandar. Chegar a uma posição em que pudesse ter funcionários e subordinados. A moda era, justamente, não ser um chefe, mas um líder, uma pessoa inspiradora e referencial, que acolhesse e guiasse, que corrigisse sem humilhar e permitisse crescer sem arriscar seu próprio lugar. Esse era o mantra contemporâneo, por isso aquela pós era tão atrativa: mostrava as ambições de quem não queria aprender a fazer e nem a obedecer, mas a mandar. Guilherme, se fosse analisar despido de suas penas de pavão, também deveria estudar sobre isso. Não se preparava para substituir o pai? O sogro era um prodígio, um talento nato na condução de pessoas e processos. Já o filho deveria se valer de uma ajudinha acadêmica. Quem sabe, acompanhando os progressos da noiva, ele não se animasse. E ele que fosse para uma turma posterior, para não correr o risco de atrapalhar o verdadeiro interesse de Isabela com as aulas.

Contudo, nada materialmente justificava aquela expectativa de tê-lo como colega de classe. Por mais que vasculhasse constantemente os buscadores de internet, poucas informações conseguira coletar sobre Atílio. Era um rapaz discreto, praticamente anônimo. O nome aparecia em um campeonato de futebol, disputado há quase 10 anos. As contas em redes sociais continuavam abandonadas. Havia ainda outras ocorrências sem relevância, poucas, as quais Isabela já tinha consumido com avidez, na esperança de serem pistas de onde e como encontrá-lo, numa trilha despretensiosa de João e Maria para levá-la de volta àquele que seria seu lar. Apesar de pouco provável em um mundo de intensa autodivulgação, a nuvem dos prudentes não era tão fina como poderia parecer. Isabela mesma conhecia diversas pessoas que se ausentavam deliberadamente da rede. Não queriam ser encontradas, repudiavam invasão de privacidade. Era gente de posses, importante, que temia roubos reais ou virtuais. Ainda havia em seu círculo quem não gostasse por, simplesmente, julgar brega tanta exposição. Desnecessária. Preferiam se divertir longe dos holofotes, sem chamar atenção para si, e se comunicavam pelos meios tradicionais – telefone, mensagens, visitas, cartas. Juliana era uma das avessas às badalações espetaculosas na rede. Talvez tenha aprendido sobre isso em um curso de etiqueta, talvez fosse medo de inveja. Juliana tinha uma leve paranoia em relação à inveja alheia, sentia que a cobiça e a má energia poderiam conspurcar seu mundinho impecável, por isso preferia mantê-lo numa redoma de proteção, longe da imundície alheia. Vai ver Atílio fazia parte desse grupo e fosse um crédulo em relação às vibrações humanas. No dia em que ficassem juntos, Isabela respeitaria essa discrição, ainda que sua vontade fosse cantar aos quatro ventos toda aquela exuberância de felicidade e paixão que a dominaria.

Após o almoço, os casais se recolheram. Isabela pretendia ler uma revista, mas mal fecharam a porta, Guilherme aproximou-se, aspirando a reminiscência de Dolce & Gabanna do pescoço dela. Sussurrou que a estava achando muito quietinha, perguntou se estava triste. Ela negou, disfarçando a aparência com um sorriso. Ele tinha uma surpresa que iria animá-la: ela precisava apenas de um biquíni e de toalha para partirem a uma tarde inesquecível.

Guilherme havia conversado com Mendes, que liberara sua lancha para um passeio a dois. Sairiam de uma marina localizada ali mesmo no centro do balneário, em que Mendes mantinha uma vaga para sua lancha com varanda. O veículo náutico era de saltar aos olhos, imponente, robusto. A decoração interna, incrível: além de uma suíte confortável, contava com uma prática cozinha, mesa para refeições, e um convidativo sofá. A decoração, em vermelho e azul, combinava com o tom caramelado da madeira e com o couro branco. Isabela adorou o lugar, e os dois abraçaram-se, alegres, enquanto descobriam o interior daquele mimo de Mendes. Um dia, nós teremos um desse também, gatinha, prometeu Guilherme, beijando os nós dos dedos da noiva.

O dia estava dourado e o imenso círculo amarelo derramava-se pelas águas, tornando-as um espelho azulado em que poderiam deslizar pela baía como bailarina em um número solo. Navegar era uma delícia para Isabela. O vento bagunçava seus cabelos e umedecia a pele. O cheiro marino a inebriava. As pontadas de tristeza se dissipavam à medida que a lancha cortava o oceano. Guilherme estava concentrado na missão de piloto, mesmo assim, não deixava de observá-la e sorrir. Isabela conectava-se à natureza, esticada na proa de madeira.

Os edifícios altíssimos confundiam-se com a paisagem e adornavam a baía, tornando aquele recanto quase particular, como se não pudessem ser vistos ou ouvidos pelo lado de fora daquela piscina salgada. Após quase uma hora, Guilherme desligou o motor e saiu do convés para ficar com Isabela. Deitados, ambos estavam leves, distraídos da vida, tentando descobrir as formas das poucas nuvens que rabiscavam o céu. Guilherme, delicadamente, virou-se de lado para a noiva e a beijou demoradamente. Sabia que ela andava estressada com os preparativos do casamento, mas também sabia que aquela fugidinha seria essencial para recarregar as energias.

Isabela deixou-se ser beijada enquanto as mãos do noivo percorriam o corpo, até encontrar o laço do biquíni. Sugeriu que fossem para a cabine – talvez as janelas dos prédios pudessem enxergá-los. Guilherme estava empolgado. Enquanto desamarrava as cordinhas da roupa de Isabela, esforçava-se para agradar. Isabela notou como ele queria entusiasmá-la e como se dedicava às carícias. Voltou a beijá-la com intensidade. Não era um beijo morno, era bom. Esqueciam-se desse carinho na maior parte do tempo, apenas beijos rápidos e protocolais na hora de se cumprimentar, como se após um tempo de relacionamento aquela intimidade fosse descabida. Adoro seu cheiro, sabia?, ele segredou. Enquanto se enroscavam, Isabela tateava boias de concentração dentro de si para se entregar ao momento com aquele homem que era seu noivo. Mas assim como o céu era maculado por pedaços de nuvem, seu firmamento particular era maculado por fragmentos densos e inobliteráveis de Atílio. Como seria o sexo com ele? Vigoroso, era a primeira característica que a dominava. Imaginava as mãos de Atílio explorando suas curvas, desenhando seus contornos, a palma macia e as pontas dos dedos assertivas, extraindo os calafrios das curvas certas. O peso de Atílio sobre ela seria deliciosamente insuportável, e a sensação de unidade que haveria entre os dois a levaria a um outro patamar de prazer, a um nirvana. Sentiria Atílio fremir e fremiria, lânguida e compassada, acompanhando-o em uníssono. Esconderia o rosto entre a clavícula dele e aspiraria um aroma picante. O beijo, desesperado, doce, seria um vício, como uma substância alucinógena e mágica da qual não se pode desvencilhar, um chá da Alice que despertaria uma efusão de sensações em sua carne e em sua alma.

Beijá-lo seria se apaixonar mais uma vez e mais um pouco, Isabela intuía. Extasiada pela fantasia, foi a voz de Guilherme que a arrancou de lá para jogá-la na realidade: Eu te amo, gatinha. Ele não só disse, como repetiu, primeiro baixinho, depois a fitando nas pupilas dilatadas.

Nenhuma frase poderia devolvê-la à Terra com tanta força. Isabela caiu, desamparada, ainda que Guilherme a segurasse nos braços. Estava machucada pela queda, como criança que rola da cama durante um sono bom e encontra o chão frio como assoalho para seu corpinho. Eu te amo, ele disse, e um balde de água gelada teria efeito parecido. Acordou da anestesia e sequer poderia parecer assustada. Não foi a primeira vez que Guilherme declarou amá-la, mas fazia tempo que não o dizia, ou tempo que Isabela não escutava com aquele fulgor. Era uma frase que soou tão verdadeira quanto doída. Ele a amava.

O noivo rolou por cima dela, e Isabela sentia o corpo dele se materializando junto ao seu, as partículas unidas não apenas momentaneamente, mas em um lastro mais vasto e poderoso. Aquele homem a amava. Não apenas isso: ele queria se casar com ela. Eles tinham firmado um compromisso. Em algumas semanas, celebrariam a união diante da sociedade. Um imóvel estava em nome deles. As famílias estavam engajadas naquele relacionamento. Era tudo muito sério e muito adulto; eram fatos. Diferente, pois, daquele devaneio infantil que a consumia e a guiava pelos últimos tempos: um sonho meio bobo do qual ela extraiu um significado inexistente, talvez por tédio, talvez por manha, e que inoportunamente se transformou em força-motriz para seus dias.

O que Isabela estava fazendo?

Ela se separaria de Guilherme, era isso? Jogaria para fora uma vida já em andamento em nome de uma ilusão adolescente? Ela sequer sabia como Atílio estava, se é que estava! Guilherme estava ali, em cima dela, inteiramente nela e dela. Isso era conhecer alguém. Já se acostumara com os defeitos do noivo e as qualidades dele eram admiráveis. Estava tudo estruturado. Se ainda não tinha assimilado, aquele era o momento: passaria, senão o resto da vida, um bom pedaço dela com Guilherme. O próximo pedaço. Era irrevogável. A ideia de sair à procura de um cara quase anônimo agora ressoava vulgar. E se o encontrasse, o que faria? Numa atitude totalmente irresponsável e imatura, cancelaria os preparativos? Como contaria à família? O salão já estava pago, a igreja, agendada. Faltavam inúmeros detalhes – Juliana que o diga! –, mas nada era tão fundamental quanto quase três anos de convívio.

Isabela encolheu-se, escondendo-se no emaranhado de lençóis e almofadas, enquanto Guilherme buscava algo para aperetivarem. Foi inconsequente. Boba. Em alguns momentos, a sensação de que não crescera muito – psicológica e intelectualmente– desde que saíra do Ensino Médio era tão nítida que ainda se via com os velhos padrões e costumes de quando tinha 16 anos. Era como combinar de ser levada para a festa por João, mas se esconder atrás da piscina para trocar amassos com Felipe. Ela já tinha agido assim, e tudo normal, era a época, era o esperado para um comportamento adolescente. Agora era uma mulher e deveria se assumir como uma adulta. Havia estabelecido um pacto de diversos níveis com Guilherme. Aqueles pensamentos pareciam inocentes, que divertido!, procurar por uma paixãozinha, mas poderiam levá-la a um penhasco moral e sentimental. Não valia a pena sacrificar tanto por uma incógnita.

Enquanto voltavam à terra firme, Isabela desejava a estabilidade de um solo sólido. Tocar os pés em um chão e ceifar aquela imaginação abstrata de uma vida que não seria sua. Foi criada para isso, para pegar a matéria com a mão, ver com os olhos e acreditar no real. Quase se deixou levar por uma noite particularmente esquisita.

No domingo, se não se sentia apaixonada por Guilherme, foi inundada por gratidão, um sentimento inédito na relação. Queria verbalizar e agradecê-lo por lhe devolver juízo. Mesmo que quase não tenham passado o dia juntos, Isabela o via de longe e pensava que ele seria um porto seguro para a resgatar daquele mar incerto, de águas misteriosas, no qual não só molhara os cabelos, como mergulhara até perder o fôlego. Era tempo de emergir.

Os quatro casais saíram para almoçar e, no caminho, avistaram a luminosa roda-gigante do balneário, atrativo turístico da região. Isabela não disfarçou o deslumbramento – adorava rodas-gigantes. O grupo ignorou o brinquedo, mas ela inteira pulsou de vontade de viajar naquelas cadeirinhas, e até desacelerou o passo para acompanhar os movimentos brandos do enorme círculo de metal. Guilherme que a puxou, vamos, gatinha, o pessoal já está lá na frente, e ainda gracejou, perguntando se queria que ele a levasse para um passeio. Mas foi uma pergunta retórica, formulada com ironia, e Isabela não teve coragem de admitir que queria, que adoraria que o noivo a pusesse numa daquelas cadeirinhas e voasse alto com ela. Mas Guilherme, engenheiro, pragmático, não queria tocar o céu, não queria se arriscar saindo do território plano. Isabela precisava dele para se manter segura e fixa e não flanar por aí, balão frágil e flébil que, ao sabor do vento, corre o risco de murchar ou estourar.

Aquela viagem foi definitiva. Isabela pararia com a busca por Atílio e passaria a se concentrar em sua realidade. Começou a semana já repleta de planos e compromissos, decidida a colocar aquele casamento em pé. Ainda que cada mitocôndria sua estivesse envolvida com a história amorosa que inventara para si, reprogramaria seu pensamento, sua rotina e até o ritmo de sua respiração para apagá-la e reativar o enredo que deveria guiar sua vida. Isabela não mais mudaria as rotas do dia na esperança de encontrar Atílio e passaria a seguir à risca a linha que a levava ao destino certo e previsível. Fazia tempo que não se incumbia daquela tarefa de esquecer alguém. A própria ideia de "esquecer" era patética: não havia como simplesmente apagar da mente a pessoa, como uma amnésia que rompesse aqueles neurônios específicos e matasse os registros cerebrais ligados àquele sentimento. O que acontecia, e à revelia da vontade, e sim ao sabor do tempo, era aquela memória deixar de ter tanta importância e sobrepujar todos os outros acontecimentos, até os presentes, e passar de plano central a um papel de parede, objeto de decoração coadjuvante em um cenário que o acobertava. No caso dela, não era sequer um apego especificamente a um passado, mas a uma possibilidade de futuro. Os arquivos a serem queimados eram menos os ligados à lembrança e mais os associados à imaginação, à criação. O que tinha vivido com Atílio era do campo da ficção, um livrinho artesanal escrito à mão com seus desejos e sonhos, e não um caso real, daqueles em que o cheiro, a estatura, o calor da pessoa podem ser não só descritos, como evocados, pois existiram. Quem diria, Isabela se mostrou alguém criativa, capaz de transcender o ordinário dos dias.

Se fosse mais atrevida, poderia sugerir aos seus fornecedores a invenção de uma máquina que atuasse nas ondas cerebrais e apagasse as vontades. Não era tão tola, talvez eles já tivessem pensado e até tentado uma revolução daquela natureza, mas a mente humana é tão delicada que qualquer artefato para mudá-la poderia ser fatal a tantas outras capacidades: com Atílio, a habilidade de amar rebentou como uma enxurrada, amadurecida tal fruto que irrompe e se espalha pela natureza, fertilizando novas árvores. Mas será que essa sementinha estava mesmo no cérebro ou, de tão abstrata, podia residir em qualquer lugar dela, talvez no coração, talvez na aura, talvez até na alma, e ela só tenha racionalizado no órgão cabível sua existência? De todo modo, deletar a pasta Atílio levaria consigo outros documentos aos quais Isabela já estava apegada, como o próprio passado. Para extrair Atílio de si, anos dourados de sua juventude iriam embora com ele, pois agora imprimira em seus dias no Da Vinci a figura flutuante do menino em cada frame. A máquina que interferia no cérebro seria um paliativo, mas o cinema e a literatura já a provaram perigosa, e não seria Isabela a cobaia a testá-la. Por sorte, estava em uma época com uma agenda generosa, que a ocuparia e lhe exigiria outro foco, de modo a usar os outros neurônios, os práticos, enquanto os românticos poderiam descansar um pouco, fruindo de uma pink lemonade nos stands de degustação para banquete de casamento que voltaria a frequentar.

A semana foi produtiva. Finalmente, assinaram contrato com o fotógrafo e escolheram o cenário do ensaio pré-nupcial, que seria em um hotel-fazenda na região metropolitana, um lugar com um pôr-do--sol famoso pelo alumbramento que provocava. Também riscaram os doces da lista – a escolhida foi uma confeiteira iniciante, mas já badaladíssima, matéria de revista e assunto dos círculos mais requintados, dona de um cardápio que mesclava ousadia e sabor. Isabela e Guilherme regalaram-se com copinhos de chocolate Ruby recheados com pasta de pimenta e cardamomo, quiseram rezar ao provar uma concha de creme brûlée com uma pequena pérola de amêndoa, e mesmo o tradicional brigadeiro, com uma textura mais sedosa, era um pedaço de paraíso desmanchando na boca. Aquilo era uma experiência transcendental, mais do que uma prova gustativa. A mesa de doces seria uma sensação e estavam orgulhosos pela diva dos doces tê-los encaixado, quase em cima da hora, em sua lista vip.

Também acertaram com a banda que abriria a pista de dança, mas essa não tinha segredo: seria a mesma big band que já tocara nos últimos casamentos aos quais foram e que sabia como animar a galera deles. Após o show, Guilherme fazia questão do DJ X-v, que estava emplacando um hit atrás do outro e era o atual guru da música eletrônica. Encontraram com ele num rápido pós-expediente, e X-v, já montando a set list da recepção, quis saber a música do casal. Primeiro, Guilherme não entendeu a pergunta, ou fingiu não entender. Talvez ele julgasse que ter uma "música tema" fosse suburbano, um acessório de plástico em um porta-joia de diamantes, fetiche de novela, enfim, uma bobagem. Isabela não acreditava naquilo. De fato, eles não tinham uma música para eles, uma letra que poetizasse a relação ou que a tocasse com lembranças do noivo. Era um tanto triste se casar sem ter uma melodia inspiradora, ainda mais para uma menina que escrevia os refrões nas páginas dos cadernos, sonhando com os namoradinhos, ou cantarolava no carro ao pensar nos amores partidos. X-v explicou que era tradição abrir a pista com a música do casal, se eles tivessem alguma canção que marcasse a história ou que embalasse o amor. Não era necessário, claro, o DJ ponderou, mas era bonito, emocionante. Guilherme sutilmente desdenhou e quis saber o que os outros casais estavam pedindo como essa tal música de entrada. X-v sacou o celular, manuseou a tela e pôs para tocar *Firestone*, uma balada mais agitadinha, mas ainda assim romântica:

Our hearts are like firestones
And when they strike, we feel the love
Sparks will fly, they ignite our bones
But when they strike, we light up the world

Isabela e Guilherme eram fluentes em inglês. Aquele refrão, obviamente, não fazia menor sentido para o relacionamento dos dois. Algum escrito pela mão de um poeta faria? Guilherme gostou, realmente, já a tinha escutado em outros casamentos, e martelou a favor da canção. Isabela distraiu-se enquanto o noivo e o DJ comentavam lançamentos da cena eletrônica. Em "O Casamento do meu melhor amigo", a personagem de Julia Roberts dá uma música ao casal de noivos, que também agoniava sem uma. Qual era mesmo? *The way you look tonight*, Isabela forçou a memória, mas aquela combinaria mais com a mãe e o pai dela. E se algum amigo os presenteasse com uma canção, se algum compositor se inspirasse neles e criasse acordes próprios para contar aquela história de amor? Seria aquela uma história de amor?

O apego por Atílio tinha uma trilha sonora. Eram suas velhas músicas da adolescência, extraídas dos CDs que escutava no discman com Paula nos banheiros de Da Vinci, melodias que a transportavam para outro tempo e espaço, para perto de Atílio, para a essência de menina, campo de lavanda, letras que destampavam o vidrinho em que guardava a fragrância de si mesma. Era poético reencontrar com quem tinha sido e sentir saudade, não vergonha ou irritação. Isabela, à época, era movida a músicas, combustível de tantos adolescentes que tateiam a personalidade nos estilos, letras e ritmos que consomem, e aquilo que ela pensava apenas distraí-la de um noticiário cheio de calamidades que os professores insistiam em fazê-los debater nas aulas de história e nas redações era um sedimento para seus gostos e para suas afinidades atuais. Reproduzia, não mais no discman, doado há mais de década, mas no celular e no rádio do carro, Pearl Jam, Red Hot Chilli Peppers, Bon Jovi e, especialmente, Aerosmith. Se X-v fosse celebrar a união de Atílio e Isabela, ela não titubearia ao anunciar a canção dos dois, aquela letra incessante que não parava de tocar em sua mente quando saía em sua busca silenciosa pelo homem de seus sonhos:

All I want is someone I can't resist
I know all I need to know by the way that I got kissed
I was cryin' when I met you
Now I'm tryin' to forget you
Your love is sweet misery
I was cryin' just to get you
Now I'm dyin' 'cause I let you

Nessas ocasiões, mesmo sentada ao lado do noivo, era inevitável. Atílio tocava a campainha para visitá-la, mas ela não abria a porta. Via sua silhueta pelo olho mágico, e o sorriso do rapaz, os lábios fechados, a tentava: vamos, permita que eu entre, estou aqui diante de você, sabemos que você quer deixar, sabemos que eu estou aí dentro de você, aceite que eu invada de novo sua imaginação e a povoe com meu universo de possibilidades. Isabela quase espantava com a mão esses pensamentos, como se eles estivessem naqueles balões de histórias em quadrinhos e alguém pudesse lê-los. Se Guilherme tivesse sentidos mais aguçados, seria capaz de ver o rival ali, sentado bem no topo da cabeça da noiva, com uma postura quase displicente de quem não precisa mover esforços para se fazer dono de um território conquistado, ainda que não ocupado. Isabela erigia muros e contenções, mas tão frágeis que bastaria o príncipe soprar no mesmo fôlego de encher uma bexiga que aquelas tábuas de madeira cairiam. Atílio rondava, exatamente daquele jeito que Isabela o idealizava, manso, discreto, sem se pavonear, e tão desconcertante.

Ao chegar em casa, *Crying* quase implorava para ser tocada. Isabela resistiu, forte, e colocou uma ópera para espantar os próprios demônios que insistiam em assediá-la. Naquele caso, no entanto, era um anjo que precisava ser afastado. Até eles podem conduzir para os caminhos do pecado.

O sábado de manhã foi do jeito que deveria ter sido, com a corrida desenfreada para viabilizar aquele casamento. A parada daquele dia era um estúdio de design. Não podiam mais protelar a confecção do convite, um dos elementos essenciais para a festa. Soterrada num palácio de papéis, uma Disneylândia da papelaria com cores, texturas e até aromas, Isabela precisava escolher, dentro daquela miríade de opções fascinantes, como o comunicado oficial do matrimônio chegaria à mão das pessoas. Essa responsabilidade, no entanto, a deixava ansiosa. Ela demorou para entender os sinais do corpo, o coração aos pulos, a ausência de saliva, a sensação de tremor. Era um pânico que passava a dominá-la. A partir do momento em que enviassem os convites, o enlace estava sacramentado. A maioria dos convidados já sabia que haveria a cerimônia, alguns até já tinham agendado a data, mas ter um papel que formalizasse era assustador. Não poderiam recuar. As pessoas já estariam se preparando, a sociedade já esperaria por aquele dia. Logo chegariam os presentes, os votos de felicidade, o único assunto a ser falado com ela seria esse. O cérebro de Isabela latejava enquanto Guilherme analisava a gramatura de um papel acetinado, de um tom azul metálico, pulverizado por um brilho discreto, portando-se como um especialista. Já tinham o texto, nada de muitos floreios, apenas o comunicado sóbrio de que, a partir do dia X, Isabela e Guilherme uniriam as famílias e se tornariam uma. Marcar o buffet não foi tão significativo para ela quanto a emissão dos convites. Ela saía de um plano mais particular e arremessava ao mundo a novidade, sem chance de escapar, afinal, muita gente já estaria envolvida. O convite tornaria tudo aquilo verdade. Até então, em algum canto de si, o casamento soava como uma brincadeira, um passatempo que talvez cansasse um dos dois, o qual o abandonaria, sem causar grande estrago ou comoção, apenas um joguinho na mesa de jantar que foi esquecido pelas crianças. Imprimir os convites dava a dimensão da gravidade daquele evento.

Isabela seguiu, autômata, as sugestões do noivo. Guilherme palpitava, queria folhear os álbuns de exemplos, indagava qual tinha mais saída, qual modelo recebia mais elogios. Ainda bem que ele, ao menos, estava envolvido. Se escrevessem em uma folha sulfite, de caneta ordinária, que haveria um casamento, para Isabela, o valor seria o mesmo. A mensagem, também. Após a confecção, os envelopes seguiriam a um caligrafista que esculpiria os nomes em letras douradas. Guilherme, um rapaz do século XXI, sofisticado e tecnológico, era igualmente imerso em conservadorismos.

Caso Juliana a questionasse – e certamente a questionaria – como seria o recorte do convite, Isabela precisaria inventar uma resposta vaga. Não prestou especial atenção, aquiesceu com a escolha, jogou uns dois ou três elogios à mesa, algo até paradoxal, como "é moderno e clássico", e encerrou aquele tópico. Teria bastante tempo depois para ver o resultado e senti-lo, material, nas próprias mãos. A tarde de preparativos foi interrompida por outro compromisso: iam a um casamento e Isabela tinha hora no salão. Juliana a aconselhou a ficar atentíssima a todos os detalhes da festa. Se fosse o caso, depois perguntasse o nome dos fornecedores. Cuidado redobrado com o que qualificasse como regular ou ruim: já pensou se o responsável fosse um dos contratados da irmã? E ainda arrematou, quase irônica: por um lado, era bom não ter todos os serviços fechados, porque ainda haveria tempo de repensar se visse algo que a desagradasse. Isabela a ignorou. Iria à festa para se distrair, não para avaliar, uma auditora com tabelas em punho para tecer as avaliações e depois relatar em um julgamento. Queria umas horas de descanso do próprio casamento, comeria, beberia, dançaria. Era esse seu espírito, não o de uma fiscal. Isabela era mais leve e mais doce do que Juliana por não desejar tanto a perfeição. Aliás, muitas vezes, os defeitos lhe passavam despercebidos, como se eles integrassem com harmonia um quadro maior, mais profundo, que não fosse simplesmente maculado por uma estante minimamente torta ou um guardanapo com um fio solto. Via beleza no todo, e o todo era composto pelo erro. Juliana, clínica, andava com a lupa e com o microscópio, mais preocupada com o desvio do que satisfeita com o acerto. Impecável era seu adjetivo preferido, e era tão raro soltá-lo. Triste a vida de quem desfruta esporadicamente justo do que mais lhe apraz. Assim Juliana seguia hirta, engessada, com medo do deslize, cheia de repúdio e com a capacidade de rir recolhida dentro de si. Como alguém pode se ocupar mais em avaliar o espetáculo do que fruir dele? Isabela, quando era adolescente, contestava a postura da irmã. Na idade adulta, entendeu, finalmente, que aquela era Juliana, alguém que não molhava os cabelos, não sujava os tênis, não desfiava a meia-calça. Talvez o mundo se mantivesse em pé e funcional por pessoas como Juliana, obstinadas em não permitir que a grande máquina universal descarrilhasse. E talvez o mundo só se mantivesse habitável por pessoas como Isabela, que com seu caos interior desorganizavam, coloriam, divertiam.

Ou Mônica era do time da Juliana, ou o estado mental de Isabela estava especialmente aéreo naquela noite, porque, da cerimônia à celebração, cada detalhe era, no mínimo, maravilhoso. Tudo bonito, bem-feito, elegante. A noiva estava em um vestido no estilo sereia, com uma cauda que parecia um merengue italiano, e o ostentava com uma desenvoltura de quem passava o dia trajada daquele jeito. Com um vestido de noiva, não, mas de branco, sim. Mônica era médica, uma amiga herdada de Daiana, a melhor amiga de Isabela. Daiana e ela haviam estudado juntas na infância, nos primeiros anos de escola, e o entrosamento foi instantâneo. Eram grudadíssimas, dormiam na casa uma da outra, escreviam-se cartas, passavam as horas pós-aula ao telefone. O chiclete durou até o Ensino Médio. Daiana vinha de uma família de pais rigorosos que já sonhavam com uma carreira médica para a filha, de modo que optaram por trocá-la de colégio. O Da Vinci não atenderia às pretensões estudantis da menina. A despedida foi dolorosa, molhada de lágrimas e caramelizada por juras de amizade eterna. A julgar pelo contato que mantinham, as palavras adolescentes não foram vãs. Permaneceram unidas, ainda que Daiana ocupasse grande parte do dia com livros, enquanto Isabela preferia sundaes, clube, piscina e shopping. Vez ou outra, iam ao cinema juntas ou marcavam alguma festa. Continuavam se gostando. Daiana sempre foi admirável, de uma dedicação exemplar. A inteligência dela era notória, o tipo de pessoa que se sabe que vai voar e fazer acontecer. Não foi inesperado, então, encontrar o nome de Daiana na faculdade mais disputada da cidade logo no primeiro vestibular. Passou 6 anos mergulhada na Medicina, e até Isabela surfou um pouco do curso – as festas acadêmicas eram bem animadas. Conheceu o grupo da amiga, deu-se bem com alguns, Mônica entre eles. Logo após a formatura, Daiana emendou uma residência em Dermatologia. Dela não se esperava menos do que muito sucesso. Com o tempo, os gastos clichês e as enfadonhas frases-feitas do "você terá um futuro brilhantes" ou "você colherá os frutos do seu esforço" foram substituídos por interjeições. Ela não tinha mais um futuro, ela fazia um presente de vitórias e colecionava histórias de mérito. Isabela, muitas vezes, imaginava como era ser a amiga. Ter um cérebro privilegiado, uma carreira bem traçada, uma biografia marcada por virtudes somadas a boas escolhas. Não sentia inveja, verdadeiramente, apenas a admirava. Tantas crianças pareciam prodígios, o que não foi nem o caso de Isabela, e agora eram empurradas pela corrente da vida, muito mais ancoradas em uma prancha bem-posicionada do que pela capacidade de remar, e Daiana concretizava tudo o que tinha sonhado para si mesma. "Especial" era como Isabela a definia. Ela nasceu para ser especial, tinha uma trajetória especial. Isabela teria uma vida boa, isso era inegável, nascera em um seio que, a menos que ela se dedicasse muito para seguir o caminho contrário, estaria ali, fértil, a acolhendo. Seria uma vida ordinariamente boa, como era a da maioria dos conhecidos, uma vida confortável e sem dramas profundos, e medíocre, simplória, nunca mais do que boa. Daiana era uma escolhida, uma afortunada, um tipo raro que tinha nascido com a estrela. Mudara-se para Chicago fazia cerca de 5 anos e lá trabalhava em um centro médico, além de contribuir com a pesquisa acadêmica desenvolvida pela Universidade local. Enquanto a vida de Isabela poderia ser resumida em uma página, a de Daiana já era um capítulo expressivo. Daiana tinha um chamado e o seguia, e Isabela apenas seguia, esperando algum chamado.

A partida da melhor amiga, no entanto, não a afastara de Mônica. Falavam-se com certa frequência, curtiam as fotos nas redes sociais e sabiam dos respectivos casamentos. Isabela ficou feliz de ser convidada – além de gostar de Mônica, era uma mudança de ares bem propícia. O grupo da noiva não era o seu grupo, e nem de Guilherme, e a repetição de conversas a amolava em algumas noites. Ali, ela dividia a mesa com cirurgiões plásticos, oftalmologistas e oncologistas, pessoas com um ritmo de vida outro. No entanto, com apenas alguns minutos de conversa e uma rodada de taça de champagne, Isabela relembrou que a mudança do aquário não significava, necessariamente, mudança de cardume: as profissões não determinavam outro comportamento, e Isabela notava uma repetição de padrões. As mulheres eram esguias, magérrimas, com o corpo modelado discretamente pela indústria dermofarmacêutica e também pelas mãos hábeis de médicos tarimbados – mesmo que a maioria ali tivesse silicone, lipoaspiração, botox e outros truques, nada era exagerado, e a beleza parecia natural, harmônica, quase involuntária. Os vestidos atendiam a uma modelagem muito parecida, com realce na cintura e com o decote encoberto por um tule. Os homens, igualmente alinhados, se não podiam se adornar com os brincos e os anéis cravejados de pedras, balançavam no pulso relógios grifados. Isabela e Guilherme integravam-se bem àquele ambiente – ainda que fossem vinho de outro rótulo, eram também vinho, cuja colheita e safra similares não deixariam, mesmo a um especialista, distinguir entre uma taça mais encorpada ou outra, suavemente mais açucarada. Guilherme, aliás, já estava pendurado em um grupo de caras e discutiam sobre os ativos do semestre. O falatório era sempre sobre si mesmos, quaisquer que fossem os círculos. Isabela até tinha impressões sobre a beleza da noiva ou sobre as taças de creme de camarão, mas não havia ninguém particularmente imbuído de admirar a festa. Eram servidos de boa comida, a música não comprometia e a decoração tinha o requinte conhecido – isso bastava. Se houvesse qualquer ponta solta, talvez as críticas inundassem as conversas, mas ninguém queria elogiar o óbvio. Um homem bastante gordo, que se apresentou como cardiologista, gesticulava e emendava doses de whisky enquanto contava dos absurdos vividos na última viagem e na forma como o aeroporto lembrava mais uma rodoviária. Uma endocrinologista reclamava da dificuldade de encontrar uma boa babá pros gêmeos. Um casal conversava com um anestesista sobre o campeonato de hipismo do qual participariam no final de semana seguinte. Isabela flutuava, aqui e acolá, comentando platitudes e sorrindo. Quando Guilherme contou que pensava em adquirir um imóvel no centro de Camburiú, Isabela rotacionou o corpo, girando a atenção para outro lado da mesa. No movimento, reconheceu, em outro canto do salão, Bianca, uma colega do Da Vinci. Bianca tinha demorado um pouco para entrar na faculdade de Medicina, e por isso ela e Isabela não mantiveram tanta proximidade, mas era bom encontrar um rosto conhecido. Em momentos de solitude, alguém com o mínimo lastro de passado garantia a criação de um vínculo imediato.

Pediu licença, pegou a taça e foi encontrar com a amiga, que a recebeu com alegria.

Isabela logo se entrosou com Bianca e com a colega dela, Lena, enfermeira-chefe do hospital em que Mônica dava plantão. Comentaram de Daiana, Isabela falou dos aparelhos que vendia, fizeram piadas sobre alguns convidados. Isabela ajeitou-se ali e enquanto tomava champanhe e esperava a noiva reluzir no salão, escutava as fofocas animadas do hospital. A vida de um emendava na vida de outro, em casos que se cruzavam em uma trama cheia de nós e fitas de cetim e de chita, até que Bianca soltou que aquela história de Lena era muito parecida com a de um colega de escola, Isabela devia conhecê-lo, ele também desmarcou o casamento assim, três semanas antes, ninguém entendeu absolutamente nada, e Isabela tomou um gole, interessadíssima, queria detalhes, como assim?, o que houve?, a curiosidade se imiscuindo com uma espécie de arrepio, um sentimento que a pôs em alerta, aprumou-se na cadeira, queria sorver as informações que jorravam sem organização da boca de Bianca. Assim, assim, ninguém sabia exatamente, ela mesma não era amiga íntima do noivo e nem da noiva, aliás, ambos faziam a linha discreta, nem faria sentido saírem contando, apenas desmancharam um noivado de o quê? Uns 3 anos?, e parece que foi só o fim do amor, sem traição, sem nada de grave, a proximidade da data, sabe aquele medo que dá, você não está sentindo o mesmo, Isabela? E Isabela desconversou, queria apenas saber o nome, na verdade, confirmar o nome, àquela altura o arrepio era um formigamento de certeza, como perguntar sem parecer obscenamente interessada?, e enquanto se enrolava para puxar aquela pipa exibida que subitamente coloria seu céu, Bianca arrematou, ah, é o Atílio! Lembra dele? Menina, você não ficou sabendo? Maior bafão!

Isabela contraiu os músculos, em um movimento involuntário. Precisava disfarçar e conduzir aquele resto de assunto com naturalidade. "Resto" porque não a interessava chafurdar naquele imbróglio. Ela tinha uma informação valiosa, aliás, duas: Atílio esteve prestes a se casar e Atílio não se casou. Eram duas toneladas, dois blocos pesados que ela precisaria sustentar. Para quem passara os últimos meses sedenta por qualquer vestígio de Atílio, aquela tragada poderia afogá-la. Emulando um interesse neutro, apenas quis saber quando havia sido aquele não-evento. Bianca não sabia com precisão, faz o quê, 3 meses? Nem isso! Parece que a noiva foi morar fora, ela adicionou, enquanto Lena filosofava sobre o quão comuns eram aqueles acontecimentos.

A cabeça de Isabela pesou e ela pensou que poderia tombar. A festa girava, mas talvez fossem as luzes do salão que ganhavam outra temperatura para anunciar a chegada dos noivos. Em um show de cores e efeitos, canhões piscavam, iluminando a pista, enquanto uma fumaça perfumada criava uma atmosfera onírica para a entrada do casal. O assunto já era outro, e Isabela pediu licença para voltar à própria mesa. Antes, anotou o telefone de Bianca, prometeu adicioná-la nas redes. Aquele minúsculo elo entre ela e Atílio deveria ser cultivado, era como ter encontrado um pergaminho para levá-la a seu tesouro.

Enquanto Guilherme debatia com entusiasmo sobre a revolta que as novas taxações do governo lhe causavam e alisava a perna da noiva sobre o tecido vaporoso, Isabela brincava de dobraduras com o guardanapo. Não estava mais ali. Não sabia onde estava. À procura de Atílio, novamente, seguindo a trilha que se desenhava à sua frente, num apelo irresistível e convidativo. Em seu estômago, o ciúme queimava. Ele iria casar, afinal. Teria amado uma mulher. Feito planos com ela. Iniciado a construção de uma vida. Não queria que aquilo significasse algo tão grave e definitivo, mas, afinal, não era por isso que as pessoas se casavam? Por um propósito em comum? Ela mesma não se casaria dali a pouco? Por quê? Se o seu próprio caso não era amor, não significava que outras uniões não o seriam. Mas também não significava que a de Atílio seria. Há tantos motivos para um casal querer ficar junto "para sempre", ou por um bom tempo, ou apenas ficar junto de uma maneira mais oficial e burocrática, o amor é apenas um dos ingredientes ou motivos ou desculpas, mas doía demais em Isabela pensar que não era por conveniência, por gratidão, por afinidade ou por comodismo que Atílio assinaria os paéis, e sim por amor, Isabela estava convicta de que só por amor um homem como ele se casaria. Quem seria a moça, como ela era, por que conquistou Atílio? Surreal detestar tanto uma pessoa que não sabia quem era e cuja existência viera à tona há poucos minutos. Isabela detestava aquela rival. Queria saber tudo sobre ela, peso, altura, beleza, magias, e não queria jamais vê-la. Com ela deixou Atílio ir embora? Ou seria ela quem abriu a porta? Era como se fossem dois planos distintos: o enredo dela e de Guilherme, passivo e previsível, quase inócuo, incapaz de ferir alguém ou de despertar sentimentos virulentos em um espectador que os invejasse, um relacionamento café com leite, e o enredo de Atílio com sua ex-noiva, uma história marcante, uma ferida no destino, uma cicatriz na alma, não, eles não viveram águas mansas, ali foi uma torrente, Isabela começava a fabricar a maior história de amor de todos os tempos, mesmo sem nem saber quem a protagonizava.

Em seu coração, a saudade era um carvão. Ele existia, enfim. Em algum lugar daquela cidade, Atílio estava. A vontade era se levantar dali e sair em disparada, para qualquer canto, para todos os cantos, farejando aquele homem com todos os sentidos. A necessidade de estar com ele voltou com uma força incontrolável, e só porque era, acima de tudo, racional, que se fixou na cadeira, ainda que sua alma se desintegrasse em fagulhas – bom se essa dispersão ajudasse na missão se encontrar Atílio. Atílio. Ouviu o nome da boca de outra pessoa. Ele não era apenas uma ilusão, um sonho, um passado. Ele vivia, seguia como adulto, tinha seus próprios planos e, quem sabe, estivesse à sua espera. Talvez ele nem soubesse quem era aquela mulher que revelaria os segredos do mundo para ele, mas dentro de Isabela, havia a certeza de que ele a reconheceria como essa pessoa assim que os dois estivessem frente a frente. Ele a esperaria. Onde ele estaria?, era a única pergunta que guiava Isabela.

Como alguém que controla um hábito ou um vício, bastou um pedaço para a fissura emergir ainda mais descontrolada, a necessidade sobrepujando qualquer outra função fisiológica. Se durante a semana conseguiu disfarçar bem e burlar aqueles pensamentos, a menção ao nome dele demolira praticamente sem esforço todo o distanciamento que tentou impor àquela história. Nem foi preciso do fôlego para encher bexiga – uma expiração e tudo veio abaixo. Isabela brincava com o pingente da corrente, um trevo em diamante e ouro branco, e o gesto inconsciente era apenas para deixar as próprias mãos em contato com o peito. Sentia o peso do coração. O que significava um pouco de ciúme e insegurança, mas, especialmente, bem-querer, saudade, desejo, vontade de estar junto, de cuidar, de fazer feliz, de saber da pessoa, de simplesmente abraçá-la e recuperar a completude por ficar com ela?

Isabela não tinha vivido aquilo até então, mas podia intuir do que se trata.

O que seria mais grave: falar só de si ou pensar só em si? Durante a festa, Isabela enrodilhou-se com as próprias emoções e até dançava e interagia, mas se fosse recuperar as memórias da noite, não saberia dizer quais músicas tocaram ou o que havia conversado com as pessoas. Aquela catatonia era inevitável. Foi uma surpresa, um susto, ou, quem sabe, um sinal. Isabela também buscava a resposta. Poderia se tratar de uma coincidência somente. Bianca falou de Atílio como poderia falar de Marcos ou de Daniel. Era a atenção aguçada de Isabela que jogou luz nisso, só porque andava com a cabeça já voltada para o nome que a história ecoou nela, como quando brincava na infância de procurar os números das placas de carro em sequência, e de repente as ruas pareciam dominadas por alguma dezena – sempre a anterior ou a posterior à desejada. A vida era permeada por coincidências que só se revelavam quando a pessoa estava atenta e a promovia a uma resposta do universo.

No fundo, contudo, não queria encarar como uma piscadinha marota do destino, queria acreditar em um sinal. Encontrar Bianca e ela informar sobre o paradeiro de Atílio era um indício de que Isabela deveria seguir por aquela trilha. Era, sim, uma resposta à sua inquietação: continue, ele está por perto, hoje você escutou o nome dele, amanhã...

Antes de dormir, Isabela sofreu. Não era mais uma bobeirinha, tampouco podia ignorar aquele sentimento. Era real. Tão real quanto era a possibilidade de ela só encontrá-lo pelo acaso quando já estivesse casada. Em poucas semanas, passaria a assinar o sobrenome de Guilherme. A probabilidade matemática não a iludia, e se até ali o problema era encontrá-lo, depois, o dilema passaria a ser outro: o que faria com esse encontro? E se Atílio aparecesse em sua lua-de-mel? Atormentada, virava na cama. Ao seu lado, Guilherme ressonava. Isabela sabia o que era o certo a se fazer, e esquecer todo aquele devaneio era um dos passos, mas o certo nunca lhe pareceu tão angustiante e infeliz.

O clareamento dental fazia parte de um pacote estético ao qual Isabela se submeteria pelos próximos 30 dias para lapidar, enaltecer e deslumbrar sua imagem. Juliana a havia convencido a assinar um programa completo de tratamento para estar sempre radiante nos próximos eventos: não era só o casar, havia os ensaios fotográficos, os jantares de entrega de convite, as despedidas de solteira, enfim, os compromissos sociais passariam a pulular, e agora ela oficialmente assumia o trono de NOIVA, com coroa, cedro e faixa. Como uma miss, precisaria maravilhar em todas essas ocasiões, estar alinhada, magra, bem-vestida, bem-disposta e invejavelmente bela. Os rituais de beleza não eram um sacrifício à Isabela, que os incorporava à rotina tanto com naturalidade como com seletividade: procedimentos doloridos, torturantes ou potencialmente ofensivos ou malsucedidos não eram uma possibilidade para ela. Tudo bem o clareamento, mas lentes dentais era exagero. Ok para sessões de massagem linfática, mas redesenho das sobrancelhas, não. Bronzeamento artificial Isabela adorava, mas harmonização facial, repudiava. Juliana, lindíssima, adorava experimentar essas novidades – para poder comentá-las e também para maximizar sua aparência – e era uma entusiasta delas para a irmã. Isabela tinha medo de chegar à cerimônia deformada ou parecendo ser outra pessoa. Da própria identidade não abria mão.

Saiu mais cedo do trabalho. Garoava. O trânsito estava lento, e apesar de a clínica odontológica não ficar longe do escritório, era preciso ultrapassar uma movimentada avenida, que àquele horário ficava impraticável. A irritação, após um dia sem grandes negociações e com uma reunião enfadonha, era diluída pela conformidade: ao menos, passaria as próximas horas em uma cadeira de dentista, e não em fornecedores delirantes tentando vender o paraíso para o noivo igualmente megalomaníaco. Naquela noite, não estaria no espírito matrimonial, não distribuiria sorrisos e palavras ternas. Seria bom ter um momento para si e, especialmente, não precisar conversar durante ele.

Chegou atabalhoada, mas a secretária logo a informou de que o doutor estava atrasado. Sentou-se numa poltrona vermelha, ao lado de uma samambaia-bebê, e enfurnou-se no celular, rolando a tela infinitamente, à espera de uma distração qualquer. Num relance, quando o entorno parecia petrificado e toda sua atenção era abduzida pelo aparelho, Isabela ergueu os olhos, como se a sensibilidade dominasse mais seus sentidos do que a própria visão. A alguns metros dela, diante do balcão, ela o viu: alto, porte atlético, cabelos claros bem aparados na nuca. Uma emoção a preencheu, enquanto a adrenalina surfava com violência pela corrente sanguínea: era ele! Não podia escutar a voz, porque havia uma televisão ligada em alguma novelinha vespertina que atrapalhava o fluxo de som, mas ele conversava com uma das moças da recepção, curvado para o balcão e segurando uma pasta. Atílio, só pode ser, Atílio, meu Deus, finalmente, finalmente!

Isabela empertigou-se na poltrona. Queria se levantar e vê-lo de frente, mas quem sabe isso fosse acintoso demais. Pensou em apenas dar uma volta pela sala de espera e, nessa circulada, espiá-lo. Não queria ser ridícula. Pulava no assento, aquela conversa era interminável, e todos os detalhes pareciam gritar: Atílio! Estudava as mãos na cintura, cobertas pelo paletó, a volta cartilaginosa da orelha, as pernas firmes sobre os mocassins. Estava paralisada de ansiedade. Era ele, só podia ser, é claro que era. Era por isso que estava ali, o Universo não a queria de dentes alvos, queria colocá-la frente a frente com Atílio. A dúvida vertia-se em certeza e o corpo respondia fisiologicamente àquele momento que se aproximava: seria borbulhante. A expectativa era insuportável, e tomada por um ímpeto, resolveu se levantar e falar logo com ele, quando ele subitamente se virou.

Não era Atílio.

Poderiam ser confundidos como primos. Alguns traços de assemelhavam bastante, de fato, mas em um scanner poderoso realizado em milésimos de segundo, Isabela elencou todas as diferenças entre o rapaz e o seu rapaz. O rosto mais redondo, o nariz mais protuberante, olhos mais maliciosos: não era Atílio. E mesmo que fossem idênticos, se ele não fosse o Atílio, com o DNA dele, composto pela essência única dele, de nada valeria.

O homem balançou a cabeça para Isabela. Ela o encarava de um modo quase intimidador, e a vergonha veio quando percebeu que ele imaginou que ela quisesse paquerá-lo. Desviou o olhar, desconfortável, e voltou ao celular.

Mais do que tristeza, Isabela sentiu cansaço. Afundou-se na cadeira, resignada. A chateação acompanhava um esgotamento. Quanto tempo ainda levaria para encontrar Atílio? Por que o Universo fazia aquilo com ela, aquela brincadeira de esconde-esconde que já moía seu espírito? Parecia que ele jogava pistas falsas, só para embaralhá-la e, ao mesmo tempo, tinha a sensação de estar cada vez mais perto, quase tocando em Atílio. Era um jogo aquela caça ao tesouro, repleto de casas vazias, truques, atalhos. Em um labirinto sem saída, Isabela se esbarrava em paredes falsas, e, zonza, tateava nessas divisões ilusórias não mais em busca de um pote de ouro para coroar seu arco-íris, mas de um pote com água para mantê-la apenas viva.

Terça-feira foi marcada por um acontecimento chato. Em outras épocas, não ficaria abalada, mas não vivia um momento propício para assimilação fácil de decepções. Isabela não era alguém acostumada a ganhar. Usualmente, as pessoas não são acostumadas a perder, mas são casos de quem coleciona vitórias, elogios, tapinhas nas costas e vibração da plateia. Isabela não sabia o que era o primeiro lugar – sequer sabia o que era ser uma finalista para poder disputá-lo –, não era exatamente competitiva e não se seduzia com o pódio. Na verdade, se pudesse sequer competir, melhor. A tonalidade de seu espírito não era composta por um matiz mais agressivo ou aventureiro. Ela era ótima em seu papel mais cotidiano e menos estrelar, não sentia seu destaque ou sua autoestima diminuídos por não reluzir especialmente em alguma área. Desde a viagem para Camburiú, quando teve a epifania em relação à carreira, Isabela, no entanto, prestava mais atenção em seu lugar, menos por vaidade do que por curiosidade. Nas reuniões de empresa, era uma excelente ouvinte e entusiasta dos projetos alheios, mas não apresentava os próprios. Não tinha contratos milionários para celebrar, ainda que fosse sempre convidada para os brindes. No fundo, aquela marolinha em que navegava não a levaria longe. Se ela não queria, de fato, abandonar o cargo, também não mostrava ao mundo muita disponibilidade para catapultá-lo para outros patamares.

Naquela tarde, houve um encontro entre os sócios e Isabela para eles saberem como andavam as negociações de um novo aparelho de ressonância que usava um contraste natural, com mínimos efeitos adversos. Era um investimento caro, a empresa fornecedora era uma excelente cliente, mas pressionava por retorno. Houve até entrada em programa de televisão para divulgar a tecnologia, um capital maciço que urgia ser recuperado. Isabela, todavia, não tinha notícias animadoras. Entrara em contato com praticamente todos os hospitais parceiros, mas todos recusaram. A verdade é que eles não achavam o custo-benefício valioso, e Isabela até tinha argumentado sobre a premência de se reciclar os aparelhos, os pacientes estavam bem-informados e logo passariam a cobrá-los pela máquina que viram na tevê, mas não a acharam persuasiva e nenhum teve interesse sequer em um orçamento. Admitir aquilo aos chefes era como confessar uma derrota, só que tinha tentado, ao menos. Muitas vezes, conseguira ótimas transações para produtos menos vendáveis, quem sabe o defeito não fosse no instrumento mesmo?

Os diretores se incomodaram e iam iniciar algum plano de emergência quando Sabrina os interrompeu. Primeiro, timidamente, e depois com uma desenvoltura que surpreendeu Isabela, a secretária compartilhou a boa nova: havia conduzido uma conversa com um dos sócios de um hospital referência em gastrologia e, naquele mesmo dia, ele havia aceitado a compra. Em que momento isso havia acontecido e Sabrina tomou conta de uma tarefa de Isabela? Atordoada, ela pensou que os chefes fossem repreendê-la pela falta de ética ou de transparência, afinal, Isabela, como gerente de área, deveria estar a par dos trâmites, mas a segunda desagradável revelação da rodada foi perceber a atenção que Sabrina passou a receber. Só faltaram aplaudi-la. Se antes ela fora contida, agora se abria em sorrisos, florida e úmida, contando que percebeu em uma ligação que o médico havia titubeado, então ela só aproveitou para mostrar que realmente seria uma grande perda deixar aquele lançamento de lado, além disso, estava com um preço ótimo... Sabrina foi desfiando a história em looping, e os engravatados estavam tão aliviados que não pouparam os próprios ouvidos e ainda a incentivavam com palavras bonitas e hiperbólicas para parabenizá-la pelo desempenho. Era essa pró-atividade, iniciativa e visão que eles esperavam para a equipe!

Solapada pelo momento de efusividade de Sabrina, primeiro Isabela se sentiu invisível, depois, foi promovida por ela mesmo a lixo. Entre autocomiseração e uma boa dose de raiva, Isabela azedou, transformando-se em uma carregada nuvem, apenas refletindo as correntes que pareciam algemá-la em um lugar no porão do fracasso.

O paladar da perda era repulsivo. Uma sensação ruim nascia na boca e se espalhava pelo corpo, contaminando a alma com os sentimentos mais baixos. Não queria sentir inveja ou despeito, mas simplesmente não conseguia parabenizar Sabrina, que só faltava subir em cima de uma mesa para ganhar uma medalhinha. O pior era saber que a secretária apenas recebia os eflúvios de uma insatisfação mais profunda e abundante, pela qual Sabrina não era totalmente responsável, mas que desembocava nela, na falta de ânimo para vibrar por aquela vitória e até na pouca espontaneidade com que Isabela se obrigou a parabenizá-la. Assistir à funcionária esplandecendo era um lembrete do quão ofuscada ela mesma andava.

Desistir do emprego talvez não fosse uma atitude deliberada, mas compulsória. Não seria difícil para a empresa abrir mão de Isabela, falta nenhuma ela faria. A impressão de que não era boa em nada voltava a assombrá-la. Por algum motivo, aquela ideia de incompetência não era mais um acessório discreto que se acostumara a usar, e agora virava um alfinete incômodo que a perfurava. Não queria ser alguém tão dispensável, cuja ausência sequer seria sentida. A vitória de Sabrina era a derrota dela. Isabela podia ter feito a mais, mas fez o básico, e o resultado foi básico também. Como seria o gosto da glória, saber-se imbatível em algo e colher frutos suculentos do próprio talento? Isabela, com quase 30 anos, se ressentia por essa falta.

Foi com o humor abalado e a paciência limitadíssima que se encontrou com Guilherme no apartamento. O imóvel, entregue há dias pela construtora, estava quase bruto, mas naquela noite, o casal se reuniria com os arquitetos, que já apresentariam o projeto final. A ideia era que, em 50 dias, todos os móveis já estivessem prontos e instalados.

Era estranho estar ali, com tudo ainda cru e sem vida. Guilherme se deslumbrou, admirado, como se não trabalhasse com construção. Na verdade, era por essa paixão que ele trabalhava na área – qual seria o motivo de alisar as paredes, como se o corpo de uma mulher fossem, medir as pilastras, verificar cada interruptor da casa, se não muito amor? Isabela se esforçava para não mostrar apatia, mas estava fraca e apenas deu uma rápida volta pelos cômodos e preferiu se sentar em uma cadeira de plástico improvisada, enquanto o noivo flutuava entre sala e quarto, sonhando em voz alta com tudo que preencheria aquele lar: sofás, som, churrasqueira, adega, pedras de São Tomé, plantas. Isabela esfregava os olhos, sem conseguir imaginar aqueles cenários em que moraria dali a poucas semanas. Não fazia questão de quase nada, e apenas repetia as vontades de Guilherme quando ele, retoricamente, a inquiria de alguma questão.

O trio de arquitetos – dois homens e uma moça – chegou atrasado, mas o noivo logo os desculpou, pois assim pôde namorar um pouco. A menina encarou para os dois um pouco assustada, mas Guilherme riu da confusão e explicou que, claro, amava a noiva, mas aquela paixão pelo apartamento o tinha derrubado. Estava ansioso, querendo saber quais eram as propostas para embelezá-la – a casa, não a noiva, ele brincou, arrancando risinhos bobos dos profissionais e olhos em órbita de Isabela. Enquanto um deles desenrolou papéis cima do balcão – aquele que seria derrubado, a primeira exigência de Guilherme –, outro ligou o notebook, acessando aos cards com as imagens específicas. Nunca havia sido um projeto barato, mas com toda a incrementada que eles deram, a fábula sairia o valor de um outro imóvel. Guilherme não se manifestou, enquanto Isabela procurava motivos que justificassem um aumento tão substancial na conta. São opções, a arquiteta morena e de óculos expressivos apressou-se em argumentar, itens mais exclusivos, que tornarão a casa mais sofisticada e acolhedora, mas, claro, isso é do gosto do cliente, nosso papel é apenas indicar, e antes que ela quase se desculpasse, Guilherme arrumou a postura, para relembrá-la do nível de cliente que eles tinham diante deles, nada de desculpas, dinheiro não era uma questão e sequer deveriam duvidar disso. Ignorando as preocupações orçamentárias da noiva, perguntou sobre as modificações sugeridas: uma parede em ripas em todo o living, porque a sensação de infinito, além de uma tendência, era de uma estética pacificadora, um buffet em pedra translúcida e uma mesa desenhada por um artista plástico. Só esse item sairia por volta de 20 mil reais. Era uma mesa esquisitíssima, em formato de cubo e confeccionada com diversos materiais, predominando as cores preto e vermelho. Parecia deslocada do ambiente, mais claro e clássico – aquilo era um cubo excêntrico que não combinaria com as madeiras, treliças e vidros, já previamente acordados. Foi a vez de um dos outros arquitetos, o mais jovem, entrar em defesa do projeto. Era uma peça única, concebida especialmente para eles, que daria um toque muito moderno ao ambiente. Além disso, era uma obra de arte, já não tinham ouvido falar de Radi R.? Ele tinha exposto em Nova York, Berlim, Madri, era uma sensação dentre os expoentes da arte contemporânea. Guilherme babava, imaginando aquela mesa bem no centro, chamando atenção dos convidados. Era preciso refrescar as próprias percepções estéticas, deduziu Isabela, abatida pela predileção da maioria.

O sofá de veludo italiano já havia sido encomendado. O tapete off-white de seda javanesa também chegaria em poucos dias. Seria um apartamento maravilhoso, era inegável. Tudo era luxuoso, exalando bom gosto, como uma casinha de boneca arrumada com muito esmero por uma menina que ama aquele tipo de brincadeira. Isabela apenas não conseguia se ver como essa menina. Quando pequena, adorava aquele tipo de faz-de-conta, tinha uma coleção de Barbie, a casa dos sonhos, o carro, a banheira de espumas, o escritório, e passava as tardes inventando vidas para aquela que era sua preferida, uma boneca de PVC resistente, com olhos bem azuis e sombra cintilante, cabelo platinado, mas levemente enrolado nas pontas, e um vestido preto colado combinado com sandálias altas. Era divertido mergulhar naquele mundinho lúdico, feito de plásticos e fantasias, e organizar e desorganizar as miniaturas fofas de utensílios, mais pela delicadeza de observá-los tão pequenos em sua perfeição do que pela utilidade deles nas historinhas. Queria imaginar-se em uma das mansões da Barbie e palpitar sobre cada item, da paleta das cores à textura do piso, e sentir uma moleza de prazer de escolher o mobiliário da sua casa, sua primeira casa. Toda garotinha sabia que a delícia do brincar era, justamente, o momento mágico de montar o cenário e ter um poder, já na infância, de escolha. Que poder intenso era esse, ter o domínio de uma vida (mesmo que fictícia) e selecionar o que entrava, o que não entrava, como entrava, combinar livremente estampas, colorir um cômodo inteiro de cor-de-rosa e corações e, se enjoasse, destruir tudo com um levante e poder começar do zero sem qualquer prejuízo.

Isabela tinha a oportunidade da vida de montar a própria casinha e de selecionar com apuro e carinho cada detalhe daquela que seria sua morada. Que menina gostava de se ajoelhar diante de uma casinha pronta? A magia estava exatamente naquele momento, muitas vezes nem havia encenação nenhuma, nem um enredo para a Barbie, só o instante da arrumação, que já era de tamanho prazer e durava tanto que bastava às pequenas. A graça estava na preparação, nos rituais, na seleção, até porque a brincadeira depois poderia complicar tudo e, eventualmente, ocasionar uma briga. Isabela dimensionava a solidez e a perenidade de tudo o que definiam naquela noite, era um projeto, afinal de contas, um robusto projeto de móveis e de vida, e não seria fácil, quando enjoasse, simplesmente abandoná-lo, ou recolhê-lo na caixa e brinquedos. Seriam seus objetos, suas coisas, mas Isabela não conseguia sentir esse laço de propriedade, e aquiescia, inerte, à construção de um sonho em que ela viveria, mas não seria dela.

Enquanto Isabela se preparava para residir no lar forjado por outras mãos e decisões, Guilherme agia como se fosse morar sozinho. O deslumbramento pela confecção daquele ambiente com que ele tanto sonhava transbordava a razão, e ele mal disfarçava que a opinião de Isabela era descartável dentro de suas próprias perspectivas de belo e essencial. Porventura, o engenheiro poderia ter percebido o descaso da noiva e, em dado momento, passou a ignorar a opinião dela, mas também havia a chance de ele ter cansado de disfarçar que se importava. Fato é que Guilherme dominou a conversa e a presença de Isabela anulou-se. A cabeça de Isabela ia e voltava sem se fixar em um ponto, de Atílio à viagem de lua-de-mel, já programada, da penteadeira desenhada que os arquitetos mostravam na tentativa de animá-la ao match point de Sabrina. Refletiu: se eles tivessem alugado uma casa já mobiliada, a própria falta de comoção seria a mesma. Faria diferença para ela morar em uma residência de sua propriedade? Em alguns aspectos, sim, com certeza. Cresceu com a ideia da posse e do ter arraigada, era fundamental ter uma casa, um passo natural e inescapável da vida adulta. Não se via morando em uma casa que fosse de outra pessoa, aquilo era aviltante, senão, sujo. Talvez, nesse caso, uma centelha de incômodo pudesse acertá-la e ela se dispusesse a mudar a decoração e se visse obrigada a se envolver com a casa para torná-la mais "sua". Quanto a Guilherme, Isabela intimamente sabia que o casamento estava atrelado àquela casa. Parecia que um puxava o outro – talvez o casamento tenha sido o títere para ele realizar o verdadeiro sonho. Não haveria amor na relação que bastasse para ele se sujeitar a morar de aluguel. Como culpá-lo? Ao menos ele estava em êxtase, estado totalmente esperado para quem está prestes a mudar voluntariamente de vida. Quis contaminar-se com aquela alegria, permitir-se ser feliz. A despeito do que acontecia normalmente, quando uma pessoa irritada ou mal-humorada consegue contagiar a todos com seu chorume, Guilherme estava imune à cólera de Isabela. Como uma malha urdida, os dois, Isabela e Guilherme, formavam um tecido homogêneo e coeso, em que não era possível distinguir em que ponto a apatia da noiva abria espaço para a megalomania de Guilherme e em que ponto o entusiasmo de Guilherme calava Isabela, sendo um processo retroalimentado, sobre o qual os dois se responsabilizavam e do qual os dois se aproveitavam. Se não era compreensível, era a maneira como aprenderam a se relacionar.

Seria por conta do apartamento que Atílio tinha se separado da noiva?

No ambiente escuro, só se percebem os vultos. A penumbra desenha o contorno dos corpos. Envoltos no silêncio, as respirações descompassadas ressoam. Ofegantes, buscam-se, sequiosos, ávidos, numa sofreguidão compartilhada. Sente o calor da carne, e essa chama a inunda. Enlaça as pernas no torso, desliza os dedos pelos músculos, descobre o gosto do abdômen. Ele puxa o cabelo dela enquanto a aperta, tornando-se um só. O cheiro - almíscar, especiarias, açúcar – invade-os, num entorpecimento hipnótico. É tudo deliciosamente bom. Seria capaz de explodir em mil fragmentos e virar uma estrela, ou tocá-las, ou ainda abrigar uma dentro de si. Cada célula estremece, irrigada de uma paixão tão concreta e tocante que se torna visível a olho nu. Abre as pálpebras, quer registrar tudo, não pode esquecer, não pode deixar passar nenhum segundo daquele instante. Enquanto o vive, já o sabe como o mais belo da vida. Ele é mais lindo ainda de perto, dentro dela. Ele também a vê. Mais: ele a enxerga, ele chega àquela parte mais secreta e íntima. Ele emite uma radiação cálida, que a reveste de calma e potência. Como previsto, eles se reconheceriam. Foi simples. Estava na íris, escrito com o código que combinaram em alguma passagem pretérita, em outra dimensão, e souberam ler a mensagem. Nada mais precisou ser dito. Ele carimba as digitais na carne dela, tomando posse daquela que sempre foi sua. Ela embaralha o próprio DNA ao dele, originando uma nova forma de vida para si mesma. Os lábios se procuram numa fome ancestral. As bocas se encaixam, imanizadas, explorando-se, sorvendo-se. Amando-se. É amor. A certeza avassaladora recai na alma e reverbera em uma leveza, ela sente que poderia voar, fada encantada, e agarra-se a ele, no seu lugar no mundo. A materialidade do corpo dele a emociona.

Atílio, ela sussurra. Atílio, Atílio. Repete o nome para senti-lo em uma simbiose experenciada por poucos humanos. Eles vivem o estupendo.

Eu estava à sua espera, Isabela. Ele a beija.

Isabela se remexe e acorda.

Não era possível, não era admissível que aquilo fosse só um sonho. Ela sabia que não era só um sonho.

Levantar da cama e sair de casa foi especialmente um sacrilégio naquela quinta. Após um sonho tão vívido, com sensações tão intensas, ser arremessada para a comezinha vida cotidiana era um castigo. Isabela estava convencida de que não se tratava de um sonho comum. Ela havia, sim, encontrado com Atílio. Poderia pesquisar mais quando chegasse ao trabalho, mas já ouvira falar que os espíritos tinham liberdade durante o sono e podiam flanar no mundo físico, realizando desejos e encontros improváveis ao corpo material. Queria acreditar naquilo. Os arrepios, o prazer e a emoção não eram de um filminho cerebral, a produção do onisciente não seria tão bem-feita. Era essa confiança que a pacificava. Ela tinha vivido, em algum outro plano, aquele encontro mágico. Atílio falou que estava à espera da Isabela. Mais do que uma declaração, aquilo foi uma promessa. Isabela tomou o café como se tivesse caído de uma nuvem, aquebrantada, mas também como se tivesse ganhado asas.

Não teria disposição para mais uma rodada brincando de casamento. Ao menos naquele dia, estava alforriada. Na noite anterior, Guilherme avisou que teria uma reunião e que estava cansado da jornada exemplar que eles vinham empreendendo. Ele estava orgulhoso dos avanços: teriam uma festa linda, uma casa maravilhosa. Aliviada com a folga, nem discutiu com o noivo. Sim, certamente, teriam uma festa memorável, o apartamento ficaria um arraso. O importante era ter um refresco, um dia em que pudesse voltar a ser Isabela e deixar a noiva adormecida.

Até a tarde passou com mais alegre, sabendo que teria uma noite para si mesma. Sentia falta da própria companhia, gostava de passar um tempo sozinha, ouvindo os pensamentos ou mesmo pensando em nada. Concluiu várias pendências mais burocráticas no escritório, preencheu planilhas e, ao fim do expediente, resolveu ir ao shopping. O centro do consumismo escolhido era conhecido por um ar mais privativo, com lojas internacionais cujo acesso era mais limitado, e estava relativamente vazio. Isabela tomou um suco de amora e ficou circulando pelos corredores amplos e bem iluminados. Entrou em uma loja cujas roupas adorava, experimentou várias peças, comprou quase todas. Era regozijante ter um surto consumista e se refestelar em itens que nada tinham a ver com roupas e adereços para o casamento. Nas sacolas, nenhuma lingerie de noiva, ou acessório para a noite de núpcias, apenas regatas de seda, t-shirt coloridas, uma saia rodada, uma calça jeans, roupas normais, não trajes exuberantes para os eventos matrimoniais que a fagocitavam, cada vez mais perto. Juliana reprovaria se Isabela aparecesse para um jantar de entrega de convites com uma saia bege longa, tênis e tornozeleira, jaqueta jeans, mas esse era o plano. Vasculhou uma perfumaria, precisava renovar o arsenal minimalista de maquiagem. Comprou uma base, máscara para cílios e um hidratante pós-banho com cheiro de maçã e canela. Enquanto aspirava o aroma exalado dos tubos, uma centelha de desejo percorreu seu corpo. Qual daqueles perfumes agradaria a Atílio? Fechou os olhos, o nariz de Atílio percorrendo meandros estratégicos, a curva da cintura, os planaltos e vales. Ele adoraria maçã e canela, simples como ele, Isabela intuiu, e adicionou o creme à sacola.

Para relaxar a tensão sexual que a preencheu, pensou em abandonar-se às mãos alheias. Entrou no salão de cabelereiros e pediu manicure, pedicure e uma escova. Ficou em dúvida entre os esmaltes cereja, mirtilo, lichia ou pitaia. Escolheu o primeiro. Enquanto suas cutículas eram arrancadas, desligou. Vinha numa toada efervescente de decisões, mudanças e dúvidas, e quando simplesmente parava, percebia a atmosfera de estafa que se formava em torno de si. Esse deveria ser aquele pânico das noivas sobre o qual algumas comentavam. Certas mulheres emagreciam, outras, surtavam. Isabela só queria a paz de não pensar no casamento.

Linda e descansada, Isabela se dirigia à praça de alimentação para jantar, quando algo de fantástico a interrompeu. A Mão a puxou em direção ao cinema. Era uma força sobrenatural, tão potente como irreprimível. Isabela não conseguia raciocinar, era dominada por um elã que a empurrava para lá. Teve o estalo. Atílio. Era isso. O Universo, ou o Dono dele, organizaram tudo para promover aquele encontro. Atílio a esperava na sala escura do cinema, e seria o mais romântico dos reencontros. Haveria um lugar vago. Isabela se sentaria, eles entrelaçariam as mãos e seguiriam dali para o lugar que fora cenário do sonho daquela noite. Era uma luz densa que se abria diante dela, e ela apenas seguia, como uma trilha inevitável, rumo ao porto em que ancoraria sua felicidade.

No guichê, foi informada de que a sessão escolhida já começara há uns 10 minutos, mas não se importou. Não era o filme, cujo nome sequer se lembraria posteriormente. A voz que saía para conversar com a moça uniformizada não lhe pertencia. Repetia o que aquela inspiração divina cochichava. Falou a sala, simplesmente, indicando o número que lhe foi segredado. Sala 5. A força era irrefreável, a Mão tomara conta de tudo e agora a puxava com determinação. Finalmente, era para isso que vinha sendo preparada. Atílio. Me espere, meu amor.

O filme já havia começado. As poltronas estavam praticamente vazias, poucas pessoas na sessão. No breu, a falta de percepção visual era substituída pelo arrebatamento transcendental que a guiava. Subiu as escadas, apenas o barulho de pipocas estalando. Num clarão, seus olhos foram capturados. Ela o teria distinguido em milhões, ela o identificaria na multidão. Ela sabia que precisava estar ali. Mesmo na escuridão, não teve dúvidas.

Em um beijo, ela o reconheceu.

Guilherme.

Enquanto a cena mais clara se desenrolava na telona, Isabela permaneceu parada, assistindo com mais interesse ao filme da própria vida. Guilherme e a moça estavam mergulhados naquele beijo. Era admirável a intensidade daqueles dois, e Isabela não iria interrompê-los em um momento de tamanho entusiasmo. Era o tipo de carícia que só se trocava na intimidade, ou na escuridão secreta e quase inviolável de um cinema. Ninguém diria que aquele beijo não demonstrava, ao menos, muito desejo. No vai-e-vem de línguas e corpos, Isabela adivinhava uma história por trás que sustentava aquele ápice. Depois de alguns instantes – não saberia calcular -, talvez em um outro relâmpago ficcional, talvez por se sentir observado, Guilherme desenrolou-se e abriu os olhos.

Isabela apenas queria ser vista. Certificou-se de que foi reconhecida da mesma forma que o reconheceu, e saiu, com bastante velocidade. Não queria correr para não chamar atenção. Tinha horror a escândalos, ainda pior em um local como aquele. Assim que a porta de saída se fechou atrás dela, sentiu o vento de passagem tornando a abri-la e seu nome ecoar pelos corredores repletos de cartazes de filmes. Guilherme gritava por ela, pedia para esperá-lo. Ele, sim, quase corria. Isabela encontrou o elevador e acionou diversas vezes o botão, como se a própria pressa fosse uma catalisadora do maquinário e o fizesse chegar mais rápido ao andar. De algum modo, no entanto, o veículo aterrissou e Isabela saltou, apertando freneticamente o botão que o fechava. Naqueles segundos, quase em câmera lenta, em que as duas folhas se cerravam, viu o rosto de Guilherme suplicando para ela ficar, para eles conversarem. Já não escutava a voz do noivo, mas adivinhava o que ele dizia. Respondeu para ele voltar, estava perdendo o filme – mas não saberia dizer se foi uma resposta verbal ou apenas mental.

Só queria ir embora do shopping. Pagou o estacionamento e dirigiu rumo às ruas. Assim que cruzou as cancelas, relaxou. Virou na primeira esquina, andou mais umas quadras e estacionou em uma rua residencial, erma, mas iluminada. A adrenalina, aos poucos, arrefecia. Possivelmente, já havia sido traída outras vezes na vida. Aquele não era um privilégio para poucos, Isabela não tinha essa ingenuidade. Os namoros de adolescência devem ter sido repletos de histórias paralelas por parte dos meninos. Era a primeira vez, contudo, que havia o flagrante. A traição era tão acintosa que Guilherme, se tivesse o mínimo de hombridade, nem a negaria. Faltava repertório, no entanto, para Isabela saber como agir. Deveria ter dado um tapa nele? Um tapa nela? Procurado o carro dele no estacionamento e furado os pneus? O que ela deveria fazer? Sua inoperância era bem significativa. Ela não queria fazer nada.

Com um misto de conformismo e alívio, ele tinha apenas uma resposta: não haveria mais casamento.

Não poderia ficar parada ali a noite toda. Era, no mínimo, perigoso. Isabela estava serena. Não queria se colocar em risco. Mas também não podia ignorar a ebulição de sentimentos que a percorriam. Não estava com vontade de ir para casa. Não se sentiria confortável lá. Ainda que seu quarto fosse inviolável e os pais soubessem que ela era mulher adulta e respeitassem a privacidade da filha, não era apropriado sofrer ou o que quer que fosse em sua cama. Soava infantil, inapropriado. Estaria exposta ali, a metros dos olhos e ouvidos paternos. Precisava se recolher. Digerir, assimilar, aceitar. Não era uma noite para ser passada com o rosto afundado no próprio travesseiro.

Tocou até um hotel ali perto. Não tinha feito isso na vida, mas a ideia não era nova. Na adolescência, pensou tantas vezes, durante suas crises existenciais, como seria curti-las em solidão, sem precisar dar explicações sobre sua ausência, sem descer para o jantar, sem precisar abrir a porta, vestir uma roupa limpa e sorrir com delicadeza. Desejou se esconder, fugir um pouco – não era o caso de desaparecer, era apenas vontade de ser invisível momentaneamente para se recompor.

Conseguiu um quarto executivo. Naquele hotel, muitos empresários pernoitavam. Vinham à cidade para reuniões rápidas, só precisavam de um quarto confortável. Não era uma hospedagem com luxo, piscina, spa. Era justa para as necessidades dela: uma cama e silêncio.

Pediu uma bandeja com frutas e um café. Não queria beber para não se entorpecer. Precisava dos sentidos bem acesos. De certa forma, aquilo resolvia tudo, concluiu com pesar. Lamentavelmente, sequer poderia culpar Guilherme, ainda que ele saísse como o culpado da história. Ele apenas seria o carrasco responsável por baixar a guilhotina, mas não foi o oficial que assinou a sentença. Isabela não queria se casar e, a julgar pelo que presenciara, Guilherme tampouco. Havia uma réstia de vaidade que doía nela. Ela se pensou amada, achou que ele gostasse dela. Era essa ruptura que mais machucava. Perder um amor deixa suas marcas. Se passar a vida com ele não a agradava, deixar de ter a segurança de um porto seguro era tinha sua dose de dor. Há sempre uma nova forma de falhar, de ficar em segundo lugar. Isabela amargava mais um fracasso.

Sentou-se à beira da janela, observando a cidade enquanto sorvia em pequenos goles seu líquido precioso. As luzes piscavam no outro lado da rua. Carros deslizavam em baixa velocidade, ao sabor da madrugada que se avizinhava. Era bonito observar o cenário urbano dali, do 10º andar. A respiração dos prédios era tranquila, uma mansidão morna cobria tudo como um manto acolhedor. Em algum daqueles quadrados indistinguíveis a olho nu, estava Atílio. Queria o conforto dos braços dele. Ele foi, no fim, o responsável por tudo aquilo. Mas ainda não o havia encontrado, o que aumentava o buraco na alma. Sentia uma espécie de vácuo. O casamento preenchia, nem que fosse de preocupação e incerteza, uma massa considerável de sua cabeça. Agora, tudo se dissipara. Uma meia porção de culpa surgiu. Ela deveria ter desistido antes. Não teve coragem quando devia, assim que percebeu que aquela história não a fazia feliz. Se ela não estava bem e 100% com Guilherme, por que motivo ele deveria estar bem e 100% com ela? Agora se valeria daquela situação, com as mãos limpas e a consciência pesada, como se a causa mortis fosse o ataque cardíaco e não o consumo de tabaco.

Não queria quebrar o quarto, armar escândalo, se humilhar. Queria agradecer. Não naquela noite, mas em um futuro, olhando em retrospecto, seria grata a Guilherme por aquele final. Em quanto tempo chegaria esse futuro era a pergunta com que foi se deitar.

Acordou; o quarto mergulhado na escuridão e no silêncio. Foi uma noite não bem dormida, mas também não insone. Desenrolou a persiana que impedia qualquer vestígio de luz invadir o ambiente e permitiu que os raios solares fossem docemente filtrados pelas frestas. O tom âmbar do amanhecer a despertava com beleza. Isabela estava com uma sensação de ressaca, mas não a ressaca imediata, dor de cabeça, enjoo, arrependimento, e sim a que vem depois, no final do dia seguinte, quando a aspirina já fez efeito e a zonzeira se torna uma onda secundária e melancólica. Estava naquele vão de tempo, em que tudo já está destruído, toda a construção se resume a destroços e pó, mas não era hora de reerguer nada ainda. Precisava apenas atravessar pelos evitáveis escombros tentando não se machucar.

Era cedo, conferiu no relógio. Desceu para o café do hotel. Em condições normais, se fartaria com todas as delícias servidas no buffet. Isabela era fã daqueles cafés abundantes, com pães, cereais, bolos. Comeu bem, estava com fome. Enquanto se servia de mais suco de laranja com torrada, num impulso, determinou: não iria ao trabalho. Tiraria aquela manhã, pelo menos, para se organizar. Simplesmente não apareceria, sem desculpas, sem avisos. Ninguém daria falta, afinal de contas. Qual grande operação da bolsa cairia com sua ausência? Alguma vida deixaria de ser salva? Guilherme tinha alguma razão, seu trabalho não era muito produtivo à sociedade. Naquele momento, isso lhe parecia ótimo. Ser dispensável pode ser uma dádiva.

Quando deu a partida no carro, tinha um destino definido. Aliás, pensar em faltar o trabalho estava atrelado justamente àquela espécie de passeio. Se os pais ainda mantivessem a casa de praia em que passou a infância e a adolescência, teria ido para lá. Mas assim que o balneário perdeu um pouco o frenesi, as meninas os convenceram a vender. Eles mesmos já não gostavam de ficar aportados em um mesmo local quando poderiam viajar para países mais interessantes nas férias de verão. Não sentia saudade de lá, não com frequência, mas era lamentável ter perdido um pedaço de sua biografia. Não conseguia lembrar direito como era. Tinha uma tapeçaria de conchas e âncoras de porcelana na parede da sala. Os pais instalaram ar-condicionado porque todos os cômodos eram muito quentes. A maresia corroía as cadeiras. Quando pequena, fez barquinhos de papel para brincar na piscininha, mas eles não estavam bem dobrados, molharam e murcharam.

Seguiu para Camburiú, tomada pela verve subversiva que a sustentava. Aquela, obviamente, não era uma atitude transgressora, mas no espectro em que estava inserida, qualquer passo fora das linhas esquadrinhadas parecia uma pirueta cheia de picardia. Era preciso de coragem para andar nas pontas dos pés. Isabela não era uma rebelde, nem uma certinha, e essa falta de rótulo específico muitas vezes a confundiu – seria falta de personalidade? Era alguém meio desajustada, mas não se pensava com essa palavra, e sim com um sinônimo cheio de eufemismo – era alguém querendo se encontrar. Faltaria ao trabalho como faltava à aula. Se não acendia cigarro no banheiro da escola, também não assistia à aula importante, justamente aquela que valia ponto de participação.

A estrada estava tranquila, muito mais gostosa de dirigir do que nas vésperas de feriado, em que a cidade, ou uma parcela bem específica dela, resolvia invadir o balneário litorâneo. Era um bocado desgastante enfrentar 6 horas em um percurso que poderia ser feito em menos de 3. O jeito era enfrentar se quisesse estar onde todos estavam. Tantas vezes Isabela o quis.

Finalmente, Isabela chegava aonde queria.

Estacionou em um quiosque perto da orla. Andou pela praia, os pés descalços. A aridez da areia em contraste com a maciez da pele era a esfoliação de que precisava. Fechou os olhos, revigorada pela maresia, caminhando sem rumo, guiada pelo compasso das ondas tímidas que quebram em espuma furta-cor. Gostava daquele contato com a natureza, era um pequeno ritual de desapego. Isabela se despedia de um capítulo importante da própria história.

Era quase onze horas, o sol já ardia na pele. A água salgada era benta e devolvia a doçura. Ao sentar-se no banco para se calçar, avistou, ao longe, a roda-gigante. As cores do brinquedo na claridade pareciam mais pálidas, e Isabela foi enleada por uma ternura. Resolveu se levar: era uma boa menina, ao menos, em uma boa parte do tempo, e merecia aquele passeio. A roda-gigante era uma atração turística, as pessoas gostavam de registrá-la, tirar fotos, parecia um evento interessante sob o véu da noite. Mas assim, à luz do dia, Isabela teve outro sentimento diante daquela máquina de ferro. Uma espécie de pena, uma comiseração nostálgica, como se toda aquela suntuosidade fosse desvelada e se mostrasse apenas um brinquedo simplório, desses que até um parque de diversão mambembe comporta e que precisa de eterna manutenção para se manter ativo.

Mesmo assim, Isabela não perdeu o enleio. Observava, fascinada, o término de um ciclo. Umas cinco pessoas ocupavam as cadeirinhas. As crianças gargalhavam, conseguia ouvi-las do chão. Na fila, à espera com ela, um casal de mãos dadas dava sinais de ansiedade. Já pensou se ele a pede em casamento? Eles não eram jovens, deviam estar na casa dos 40, e irradiavam muito amor. Uma família, pai, mãe e menino, também aguardava. A criança era bem falante, queria saber como a roda gigante funcionava, se não havia perigo de despencarem lá de cima. Uma avó segurava pelas mãos duas meninas. Uma usava chupeta, a outra chorava. Não queria ir, estava com medo. A avó garantiu que seria divertido.

O maquinista interrompeu a viagem e chamou os novos tripulantes. A cabine comportava 5 pessoas, e como eram várias as cadeirinhas, os grupos não foram desfeitos. Isabela se acomodou. Será que vai conseguir tocar o sol? As engrenagens deslizavam, ainda vagarosas. Eram 8 voltas, em uma cadência que aumentava paulatinamente a rotação. No ápice, sentiu vontade de gritar. Tudo ali de cima parecia minúsculo. Ela também devia ser minúscula para quem a olhasse ainda mais do alto.

Na saída, Isabela comprou e devorou um algodão-doce. Um algodão-doce enorme, fofo, cor-de-rosa, com gosto de nuvem.

Chegou ao escritório um pouco depois das 14 horas. Ninguém parecia ter notado a ausência dela. Poderia ter ido se encontrar com clientes. Não era frequente, mas acontecia. Como nenhum dos colegas de sala quis saber por onde ela andou, não havia por que contar. Havia recados de Guilherme, fixados em post-its no monitor, e-mails. Pegou o celular: mais de 20 chamadas não atendidas. Desde o check-out no hotel, ignorou o aparelho. Não queria ter notícias do mundo. Durante a viagem, o manteve no modo silencioso, dentro da bolsa. A família não era de um perfil desesperado, não mandariam policiais buscá-la ou colocariam avisos na internet. Guilherme também não teria ligado para conhecidos – como explicar a última vez que a tinha visto? Pela segunda vez no mesmo dia, não ser tão importante foi reconfortante para Isabela.

O telefone, ainda em sua mão, voltou a vibrar. Guilherme apareceu no visor, mas não a vontade de atendê-lo. Na verdade, nem devia. Agora que estava no trabalho, o melhor a ser feito, portanto, era trabalhar. Não que tivesse muitas tarefas atrasadas, mas sempre havia de que se ocupar. A cabeça não estava ali, nos clientes, no portfólio que um dos fornecedores mandara na noite anterior, nas perspectivas de venda. Invocou força e concentração, domesticando o próprio pensamento para aquele agora em que vivia. Foi absorvida pela descrição de um aparelho que prometia tirar sangue de forma indolor. A agulha existe, mas antes de o braço ser picado, há um aparato que amortece a pontada. Achou genial. Quantas lágrimas seriam poupadas! É pra isso que serve a ciência, aliviar a dor. Imediatamente, comprou a ideia do produto. Algumas máquinas que passavam por Isabela eram tão repletas de engenhocas e especificidades que sequer sabia como vendê-las e virava uma reprodutora da descrição fornecida pelo fabricante. De vez em quando, apareciam aqueles equipamentos milagrosos, de uso quase cotidiano, e era muito mais fácil repassá-los. Ficou, no entanto, um pouco chocada ao abrir o anúncio publicitário confeccionado para aquele aparelhinho: em tons sóbrios, com uma foto comercial do produto ao fundo, meia dúzia de frases contavam como ele operava. Aquilo não comoveria e nem seduziria cliente nenhum, Isabela bufou. Já estava empolgada, imaginando entrar em contato com laboratórios, mas com aquela peça, ninguém se atrairia. Esse povo do marketing poderia estar um pouco mais inspirado na parte criativa. Tinha imaginado a foto de uma criança sorrindo, é claro que esse era o grande apelo, o público mais sensível, o infantil. Não era mãe, mas o conhecimento geral lhe dizia que levar um pequeno para tirar sangue não era uma tarefa divertida. Uma criança sem medo de agulha estampada na publicidade chamaria muito mais atenção. E o texto deveria percorrer essa comoção, falar do carinho com que o aparelho foi fabricado, não da tecnologia utilizada. Anotou na agenda: na segunda, quando chegasse, montaria essa peça para apresentar aos clientes. Algo simples, no Power Point mesmo, só que bem-feito. Estava cansada de se sentir um pastel durante as reuniões.

O relógio marcou o fim do expediente. No celular, mais mensagens de voz. Deixaria para ouvi-las depois, em casa. Antes, precisava tomar um bom banho, trocar de roupas, esticar as pernas. Não queria conversar com Guilherme. Não sabia sequer o que falar para ele. Ele, claro, deveria estar desesperado, querendo ser escutado. Nada diferente do que fora o relacionamento deles até ali. Uma espécie de pena germinou em Isabela quando viu o telefone piscando novamente. Tinha recém-chegado e pensou uns cinco segundos antes de rejeitar a ligação. Aquele desespero era quase humilhante. A insistência não era uma característica do ex-noivo, e se ele estava agindo daquele jeito, só podia estar oxidado em culpa.

Foi durante o banho, com uma máscara hidratante agindo nos cabelos, que Isabela teve o estalo. Não estava sendo justa. Tudo bem a falta de vontade e a resistência em atendê-lo, mas não poderia evitar aquela conversa para sempre. Era infantil ficar fugindo de uma história que deveria se pontuada. Se estava tudo claro e resolvido do lado dela, talvez ele ainda tivesse esperanças e interrogações. Era preciso, no mínimo, comunicá-lo do fim. Brincar de mudo nem condizia com quase 3 anos de convívio.

Sequer permitir que a outra pessoa se manifeste era de uma deslealdade cruel. Era preciso dar a chance de Guilherme falar e terminar com dignidade o noivado. Já tinha vivido isso, e olha que nem sequer era a errada da história. Foi na Copa de 2002, e ainda doía, em alguma parte, aquele episódio.

Adrian era professor de natação do clube que Isabela e o resto do Da Vinci frequentavam e, por coincidência, primo de um dos meninos da turma. Era mais velho, mas nem tanto – se Isabela tinha 16 anos, ele tinha 21. O problema era a experiência de vida. E a beleza. Além do corpo escultural todo talhado nos exercícios, Adrian era lindo, um cara que chamava muita atenção. Ele sabia disso e sabia jogar com esse fator, que associado a uma lábia afiada, o fazia irresistível. Isabela já nutria sua paixonite por ele das aulas, mas sabia que era uma menina perto dele e que mulheres "de verdade", em sua percepção, deveriam ter muito mais chance. Tudo não teria saído das fantasias pueris se Adrian não tivesse um dia aparecido num programa da turma, na casa desse primo. Ele chegou para visitar os tios, mas logo se juntou à galera na sala, pegou um violão e começou a cantar. Isabela queria acreditar que aqueles olhares profundos eram só para ela, porque, para ela, só ele passou a existir naquela sala. Ficou um climinha bem legal, a turma cantando, rindo, e ela se envolvendo naquela atmosfera que Adrian criava com maestria. Ele foi pulando de sofá em sofá, aproximando-se. Falou que adorava vê-la nadando, mas que ali, longe da água e perto dele, ela era ainda mais linda. Isabela baixou os olhos, arrepiada. Em tom baixo, com os movimentos precisos, Adrian foi dizendo as palavras certas, sentindo Isabela amolecer mais a cada uma. Você parece uma bonequinha, dá vontade de pegar você no colo e cuidar. Ele se levantou, disse que ia buscar mais vinho e pediu para ela acompanhá-lo para pegar mais taças. Isabela apenas foi. Naquele instante, era uma boneca de pano pronta para ser conduzida sem manifestar reação alguma.

Adrian nem ligou a luz da cozinha dos tios. Aproximou-se de Isabela, fez um carinho na bochecha e a beijou. Ela se segurou na alça da gaveta, teve medo de cair, ou de derreter. Não tinha sido beijada daquele jeito. O corpo de Adrian se encaixou no dela, revelando vontades que Isabela ainda desconhecia. Ela nem sabia como repetir aquele ritmo, e apenas retribuiu o beijo, procurando algum romantismo naquele ato que traduzia outro sentimento. Sensualidade, talvez. Adrian se soltou dela, sorriu, escolheu uma garrafa e a convidou para voltar à sala. Isabela passou o resto da noite dividida entre o êxtase de ter ficado com ele e o pânico de não ter sido bom para ele. Será que ela deveria ter correspondido com mais entusiasmo? Será que ele a tinha achado uma boba? O coração subiu para a garganta e a expectativa pelos próximos movimentos de Adrian se transformou em angústia. Ele foi embora e ela teve a certeza de que tinha feito tudo errado.

A espera pela próxima aula foi outro martírio. Pior ainda foi ser tratada como uma aluna, simplesmente. Ela não era linda na piscina? E mais ainda fora dela? Ela não parecia uma bonequinha? Ele tinha esquecido tudo, até o beijo, e ela era uma tonta por ainda pensar tanto, ainda que fosse irresistível relembrar a cena da cozinha a todos instantes. Algumas semanas depois, no fim da aula, Isabela foi surpreendia por Adrian na saída do vestiário. Chamou-a para ir ao estacionamento com ele. Fez charme: estava com saudades dela, tinha adorado o dia na casa do primo, mas ela não dava bola. Isabela não tinha cérebro para formular uma frase como resposta, ela toda pulsante e paixão. Os beijos, dessa vez, foram mais longos e Adrian, mais atrevido. Pediu para ela entrar no carro, ela negou: precisava voltar para casa. Na verdade, não tinha horário, e sim medo do que aconteceria quando ficasse a sós com ele. Já que você não me quer, vou embora, ele se fingiu de magoado. Isabela o queria, o queria mais que tudo, mais do que tinha querido qualquer um até então, mas não daquele jeito, e o viu partir e partir-se ao mesmo tempo.

Depois daquele dia, houve outros encontros daquele mesmo jeito. Às escuras, às escondidas, às pressas. Isabela, mesmo sem o repertório emocional de Adrian, logo entendeu que ele não a via como uma namorada. Se sofria por isso, pior seria se distanciar. Já estava envolvida demais, sonhando com ele, obcecada por mais um pouco dele. O que ele oferecesse, ela aceitaria. Ele sabia direitinho como jogar, e Isabela mal pegava na bola, totalmente acorrentada àquele enlevo.

Foi em um jogo do Brasil na Copa que voltaram a se encontrar na casa do primo. A turma estava grande, umas 20 pessoas, e todas muito animadas, especialmente para as 8h30 da manhã: corneta, peruca, pipoca, muita cerveja. O jogo era um pretexto para aquela festa e ainda se prevaleceram por ser uma das únicas partidas que não aconteceria de madrugada. Se estivessem na sala de aula, possivelmente, muitos sonolentos se esparramariam nas carteiras, mas ali, entre amigos, a algazarra mantinha todos acordados. Isabela não se poderia dizer completamente surpresa com a presença de Adrian. Esperando, e mais, ansiando por ele lá, foi até mais arrumada. Vestiu uma camisa do Brasil, escovou os cabelos, caprichou no rímel e no delineador e levou chicletes de tutti-frutti. Estava bem bonita. Adrian, no entanto, parecia absorto com o jogo. Comemorou muito o gol de Ronaldo, na metade do primeiro tempo. Isabela inclusive imaginou que talvez ele só quisesse acompanhar o futebol, sendo que ela já tinha virado espectadora dele, de todos os movimentos que ele fazia, hipnotizada por cada gesto. Quando saiu o segundo gol, Adrian foi abraçá-la, e Isabela sentiu uma pressão diferente. Não foi um abraço de celebração. Ele a apertou com força, acariciando a cintura e demorando para soltá-la.

Quando o juiz apitou o intervalo, o pessoal se dispersou. Adrian a puxou pela mão. Isabela apenas foi. Subiram as escadas até chegar ao quarto do primo. Entraram, ele trancou a porta. Ele avançou, o beijo mais famélico do que de costume, com uma certa urgência. Tirou a blusa. Isabela tremia, entre a incerteza e o fascínio. Ele era perfeito. Senti-lo ali junto a ela era como viver um sonho bom. Não estava segura se era daquele jeito, naquele momento que deveria viver esse seu sonho bom, mas Adrian já tinha decidido por ela e não estava disposto a esperar por outra oportunidade. Fechou os olhos, o calor e o peso do corpo de Adrian esmagando as resistências. Era lindo e mágico e doído e triste. Antes do início do segundo tempo, já tinham voltado para a sala.

Isabela passou o resto da partida aérea, sem conseguir acompanhar nenhuma jogada. Adrian, do outro lado, ria com os meninos, integrante da festa. Ela ainda não conseguia processar o que tinha recém vivido, estava emocionada, mas também abalada. Aquele acontecimento era muto importante para ser ignorado.

No entanto, só ela pensava assim. Adrian, ao ir embora, deu um leve beijo no rosto dela, nada mais. Não ligou durante o dia, nem em dia nenhum. Na piscina, tratava-a como uma aluna. Não voltou a procurá-la no vestiário. Aquela indiferença foi uma facada no coração e na autoestima de Isabela. Os dias eram perdidos esperando por alguma movimentação dele, enquanto as noites eram em claro, em prantos, pensando no que tinha errado, se era feia, se tinha desagradado. Foi um período de muita agonia. Vê-lo de longe e não receber o mínimo sinal de amor ou de carinho foi um golpe violento. Ainda se lembrava como o silêncio dele lhe machucara, como aquela falta de contato foi dilacerante. Adrian não tinha alma, ela escreveu no diário. A falta de resposta era pior do que uma resposta ruim. Bem pouco tempo depois, menos de um mês, Eduardo pediu para sair com ela, e Isabela ponderou que seria uma boa deixar aquele capítulo para trás, como se ele não tivesse existido. Assim que começaram a namorar, parou com a natação no clube, não queria lembrar a passagem devastadora de Adrian em sua vida. Eduardo, sim, era um cara decente. Fazia mil anos daquela história, mas o ressentimento resistia ao tempo.

Saiu do banho determinada. Apertou a tela para devolver a última ligação perdida. Além de tudo, se Guilherme quisesse curtir a noite de sexta, ela o liberaria com aquele telefonema. Não duvidaria de que não faltassem convites. Ele atendeu imediatamente, ofegante. A ansiedade escorria de cada sílaba. Antes de ele poder começar a se explicar, Isabela o cortou: queria apenas marcar uma conversa definitiva para o dia seguinte, ele podia? Atabalhoado, ele quis saber o que era, pediu desculpas, gaguejou, ensaiou uma nova tentativa de explicação. Amanhã, às 11h30, Isabela apenas sentenciou antes de desligar.

Juliana já tinha chegado quando Isabela desceu para o café da manhã. Ou ela estava com a paciência reduzida, ou a irmã estava especialmente tagarela. Queria saber o que já tinham decidido naquela semana e qual seria o roteiro do sábado. O interrogatório despertou Isabela para uma outra faceta da história: em algum momento, e esse momento chegaria logo, a separação deveria ser comunicada. Além do desgaste emocional natural que enfrentaria com a conversa definitiva com Guilherme, depois ainda teria que encarar o mundo. Seria difícil. Mas que sofresse no momento de sofrer. Naquele instante, sua única vontade era silenciar Juliana. Tentou ser evasiva, comentou da casa nova e aproveitou o ensejo para inventar que tirariam o dia para visitar lojas de decoração para já providenciar alguns itens. Aquela reunião com os arquitetos parecia ter sido em outra vida, distanciada por um fosso do que acontecia naquela manhã. Juliana, empolgada, sacou dicas de lojas e marcas, explicou tendências e se mostrou uma entusiasta dos programas de reforma dos canais a cabo. Isabela deixou-a falar. Foi um acerto a mentira, pois isso a distrairia dos compromissos do casamento em si. Se a irmã imaginasse a verdade, Isabela sequer conseguiria sair de casa.

Voltou para o quarto com o pretexto de se arrumar. Não teve dificuldade de escolher a roupa. Pescou do closet um vestido cinza, sóbrio, que parecia uma capa. Calçou os keds brancos, amarrou o cabelo em um coque. Estava pronta. Não queria que Guilherme a visse deslumbrante, ou melhor, não era esse o objetivo. Não se vestiria para arrasar porque não queria que ele se arrependesse. Além disso, naquele tempo todo de convívio, ele pôde conhecê-la de todos os modos, nua, de biquíni, cheia de roupa, cansada, produzida. Não seria uma grande revelação vê-la mais bonita do que o costume. Isabela nem pensou em tripudiá-lo ou querer mostrar o que ele tinha perdido. Só queria pontuar aquela história. Parecia simples.

Às 11h30, Guilherme estava lá. Não quis deixá-lo entrar, foi encontrá-lo no carro. Assim que o viu, notou o abatimento. Ele era um cara alinhado, então não tinha uma aparência propriamente devastada, barba por fazer, roupa amarrotada, isso seria um desleixo impensável e nem combinava com o que tinha acontecido. Isabela, contudo, não pôde deixar de observar que Guilherme não estava normal. O rosto parecia cansado, de quem não dormia direito. Vincos ao redor dos olhos mais aparentes, boca ressecada, enxergou nele uma tristeza, o tipo de impressão inevitável e inalienável quando se tem um convívio e algum conhecimento sobre a pessoa. Os dias não andavam muito fáceis por ali.

Cumprimentou-o com frieza, sem nem encostar nele. Guilherme também não tentou tocá-la, percebendo a resistência daquela que não sabia se ainda era sua noiva. Propôs levá-la à casa dos pais, que tinham viajado. Teriam bastante privacidade, poderiam passar a tarde toda. Isabela recusou de imediato. Não argumentou, mas se sentiria intimidada. Apenas afirmou que lá ela não queria ir.

Ficaram em um impasse. Guilherme não sabia onde levá-la. Abriu a janela, tamborilando com os dedos no capô. O olhar no horizonte era um misto de preocupação e derrota. Isabela interrompeu aquela filosofia, não precisavam ir a algum lugar, podiam conversar ali mesmo. Seria algo rápido. A determinação de Isabela o balançou, e ele decidiu, instantâneo. Iriam a um café recém-inaugurado, era um local charmoso e reservado, poderiam ficar à vontade.

O café, realmente, era aprazível. Toldos vermelhos protegiam uma área externa, que tinha um ar meio francês, com mesas pequenas e cadeiras de madeira. Já o interior era mais fino – as mesas eram maiores e mais espaçadas, garantindo intimidade, e os lugares eram confortáveis bancos em courino vermelho. Um pouco triste aquele bistrô caprichado ser cenário da separação. Por um átimo, Isabela imaginou se Guilherme já havia levado a outra ali. Era um local ainda pouco conhecido e com uma atmosfera romântica, e com menos ciúmes do que curiosidade, pensou nos dois reproduzindo a cena do cinema naquelas poltronas.

Enquanto a garçonete se aproximava, Isabela emulou interesse no cardápio. Não queria nada, na verdade, talvez uma água, mas se agarrou àquela lista de bebidas e comidas com diligência e concentração. Quando se quer desviar de uma situação, até um cardápio ordinário vira uma história envolvente. Após a moça registrar os pedidos, Guilherme, sentindo que dela não arrancaria nem um sorriso, pigarreou e seguiu o roteiro. Primeiro, veio o clássico "estou arrependido". Depois, o também recomendado "aquilo foi um erro", emendado pelo inevitável "não sei onde eu estava com a cabeça". "Não foi importante", "eu te amo" e "vamos consertar" também foram ouvidos. Aquilo era bastante constrangedor para ambos. As palavras soavam ensaiadas, ainda que nos olhos de Guilherme Isabela visse uma luz de sinceridade correndo para lá e para cá, escorregadia, mas presente. Não era um diálogo propriamente, apenas ele falava. Espaçava as frases, como calculando o que deveria vir depois. Ele não queria desmanchar tudo o que haviam construído juntos, era muito para se perder, e eles podiam recomeçar, passar uma borracha e voltar à vida feliz que tinham. Concluiu com um "me perdoa?", dando a deixa para Isabela responder.

Ela quase se casara com ele, refletiu, estudando aquele homem à sua frente que poderia ser também um desconhecido. Todos os laços que tinham foram subitamente cortados naquela noite de quinta, a amizade, o carinho, a confiança. Sobraram fios esgarçados que não sustentavam nada. Ela o perdoava, já o tinha perdoado, em momento algum teve o oposto de perdão, o que seria? Raiva? Superioridade? Não sabia dizer, era apenas uma sensação de algo quebrado e irreparável, havia nome, certamente, tudo na vida tem um nome, Isabela somente não o conhecia. Ela o perdoava e não o queria mais, será que ele entenderia?

Antes de responder tudo isso, Isabela, subitamente, foi invadida por uma vontade de saber sobre a menina. Talvez tenha sido uma estratégia para preencher aquela conversa infrutífera cujo desfecho já estava sacramentado, talvez Isabela já encarasse Guilherme como um colega e quisesse saber do novo caso dele como queria saber dos amorecos de outros amigos. Não que isso mudasse algo, ela nem saberia explicar por que essa bisbilhotice quase inconveniente surgiu, mas, quando se deu conta, já tinha perguntado, de modo decidido e enfático, quem era. Por que ela.

Só a viu de relance. Cabelos castanhos longos, mechas acobreadas, mas também podia ter sido efeito das luzes. Parecia jovem, calça jeans, regata. Magra. Até então, sabia o suficiente. Guilherme resistiu, não fazia sentido, não queria envolver ninguém na história que era só dos dois. Mas já tinha envolvido, ué, Isabela retrucou, a menos que ele quisesse protegê-la, lançou, quase como uma chantagem.

Desconfortável, ele contou: era uma estagiária de engenharia da empresa. Menina nova, ainda na faculdade, trabalhava com eles fazia uns 4 meses. Não era a primeira vez que se viam, revelou. Não gostava dela, nada disso, amor era por Isabela, ele se deixou levar, não soube dizer não, foi fraco. Isabela intuiu, pela descrição, que ela gostava de Guilherme, e sentiu pela menina. Essa aí não deveria estar sendo feliz nos últimos tempos e agora, vivia de expectativas. Devia fazer bem ao ego dele, hiperbolizá-lo, ele adorava isso, não adorava? Foi seduzido por essa bajulação, sentia-se bem sabendo-se amado, alvo de desejo de uma menina. Quem não gostaria? Talvez, ao saber do rompimento, a estagiária sonhasse com um futuro, em ser assumida. Já pensou, fisgar o filho do dono da empresa? Desenhou uma imagem daquela moça em que ambição e deslumbramento se confundiam. Não quis saber como ela se chamava, tampouco ele deixou escapar. Isso não fazia diferença. Guilherme concluiu insistindo que tudo não tinha passado de um erro. Isabela era a mulher certa para ele.

Era isso, Isabela relaxou. Era esse o motivo pelo qual eles não podiam ficar juntos. Não queria ser a "mulher certa". Poderia ser até a "mulher errada", contanto que fosse a "mulher da vida", a paixão delirante e visceral pela qual ele morreria e que o tirava de órbita. Ela não queria estar com ele porque era o ideal, o casal bonito, o futuro imaginado. Ela queria estar com quem não soubesse viver sem ela. Nada de explicações racionais, esterilização de sentimentos, escolhas higiênicas e ponderadas na ponta do lápis, e sim necessidade, arrebatamento, explosão. Eles não tinham nada disso, ela sabia, ele também, ela finalizou o discurso, declarado com calma e suavidade, surpreendentemente honesto, tão honesto que aturdiu os dois, quem ouviu e quem falou. A transparência era uma virtude inesperada, com a qual não sabiam conviver. Isabela tirou o anel da mão direita, um autêntico Tiffany, e o devolveu.

Guilherme o pegou de cima de mesa e o guardou. Prometeu que voltaria a colocá-lo no dedo dela. Aquele não podia ser o fim.

Guilherme ligou muito nos dias que se seguiram. Às vezes, Isabela atendia, às vezes, não. A insistência era tão melancólica quanto desagradável. Já não existia nada entre eles, nem via como resgatar. Quando se falavam, tentava ser educada, mas enfática. Não havia chances. Guilherme mandou flores no trabalho da ex-noiva, sugeriu jantares, viagens. Ela não queria.

À medida que o tempo amalgamava as decisões, Isabela sentia que se aproximava o momento de comunicar o rompimento à família. As peças, ainda craqueladas, vistas por olhares alheios pareceriam completamente incompreensíveis. Se na cabeça de Isabela aquele término era claro e óbvio, não o seria para o resto das pessoas, que aguardavam o casamento e tudo que se desenrolaria a partir dele.

Foi em um dia de semana que Isabela marcou de jantar com os pais, em casa mesmo. Precisava daquela formalidade porque raramente as refeições eram compartilhadas. Horários distintos, bem como apetites, Isabela e os pais se cruzavam na mesma casa, mas não necessariamente conviviam. Queria parecer leve, tranquila da decisão, feliz. A felicidade não seria uma moeda de muito valor para ser oferecida, mas tentaria. Eles eram os pais dela, afinal, iriam querer vê-la bem. Se se mostrasse confortável, eles aceitariam.

Os dois aparentavam apreensão, do jeito deles. Não eram ostensivos. Discretos e comedidos, não fuzilariam Isabela de perguntas. Assim que foram servidos, Isabela explicou que não haveria casamento. Sentia muito (não sentia, mas essa sinceridade era dispensável), sabia o quanto todos esperavam pela celebração, mas ela não mais aconteceria, até porque o relacionamento não existia mais. Houve um momento em suspenso. O pai continuou a mastigar os medalhões, parcimonioso. A mãe se agitou. Como assim, acabou? Um noivado sério como aqueles não acabava, simplesmente. Quis saber o motivo, deveria haver um motivo. Isabela desviou: perceberam, ela e Guilherme, que não estavam em sintonia. A mãe disparou, impaciente. Precisava entender, estava estupefata. Tudo organizado, buffet, igreja, amigos viriam de outras cidades. Não era leviano da parte dos dois?

Isabela calou-se, usufruindo do sacro direito constitucional. Não entenderiam, adiantava argumentar? Nada era incontornável, os pais entraram em um consenso discursivo, ambos falando a mesma coisa, cada um ao seu modo. Tudo poderia ser curado ou arrumado, não podia ser algo tão grave assim. Festa e casa arranjadas, era lastimável perder tudo aquilo que construíram, as pessoas esperavam por aquele momento. Ela fisgou a vergonha que pairava à mesa, convidada inusitada do jantar, sentada e servida. Mais que preocupação com o futuro amoroso da filha, o que os incomodava era ter que lidar com a situação. Dar explicações. Teriam que comunicar à sociedade, teriam que falar sobre isso, e isso era um sacrifício impensável.

A mãe pediu licença. Isabela teve certeza de que ela foi ligar para Juliana. As duas eram muito grudadas, ela precisava do ouvido da outra filha para desabafar e criticar a impulsividade da caçula. O pai, circunspecto, não ofereceu apoio ou colo, apenas seguiu com olhar de interrogação, tentando desvendar o interior de Isabela como se pudesse acessá-lo. Como se tivesse o segredo daquele cofre o qual não teve, até então, interesse em abrir. O jantar terminou indigesto para ele, e não mais saboroso para Isabela. Sabia que aquele assunto ainda se estenderia.

A sós, com a bomba lançada e explodindo pela casa, Isabela refletiu se não valia contar a verdade – não em relação a Atílio e à paixão verdadeira que agora a preenchia, ninguém ali queria saber de paixão, mas em relação à traição. Seria um argumento definitivo: Guilherme a traíra, não haveria casamento por isso. Ponderou, contudo. A associação entre traição e término não era natural, tampouco lógica. Isso poderia originar conselhos desagradáveis. Palavras como *é normal, foi uma bobagem, isso não é motivo* seriam disparadas. Não duvidava das justificativas que surgiriam para abonar o comportamento do noivo. Pior: estaria sujeita a situações ainda mais desconcertantes. A mãe poderia fechar a porta, abaixar o tom de voz e narrar, sem entrar em detalhes, mas desvelando os cadáveres que permaneceriam no armário se não fosse a teimosia da filha, os casos ignorados, as vistas grossas. Solene, falaria sobre o pai, um errante, assim são os homens, enquanto se colocaria como a fortaleza, que resistiu às intempéries porque é isso que as mulheres fazem e Isabela já tinha idade para saber. Juliana poderia também chamá-la para uma conversa, professoral, ensinando que era assim que a roda girava e se fosse para ter um piti a cada caso, ela terminaria sozinha e amarga.

Isabela estava romântica ou, por outra, descobriu-se romântica. Acreditava no amor, tinha fé em relações sólidas e sinceras, imaginava um conto de fadas para protagonizar. A crueza da abordagem a assustava – não que ela ignorasse o aspecto contratual de muitos casamentos, ela apenas não queria assiná-lo. Por fim, equacionando os produtos que a verdade originaria, decidiu não contar. Guilherme que se virasse com a própria família quando o inquérito recaísse nele. Com a dela, sustentaria não amá-lo mais. E não mentiria.

Dias depois, Guilherme mandou uma mensagem pedindo para falar urgentemente com Isabela. Apesar de achar esse um truque gasto, preferiu ligar e saber o que era. O ex-noivo estava furioso. Tratando-a com rispidez, despejou: ela não havia depositado o valor que lhe cabia no pagamento dos arquitetos. Além disso, o próximo boleto do apartamento estava para vencer. Como eles fariam?

Isabela, confusa, não soube o que responder. Não tinha pensado nessa parte prática. A relação com o dinheiro podia ser mais complicada do que a já emaranhada relação amorosa. O Guilherme gentil do último encontro tinha ido embora, substituído pelo Guilherme altivo e autoritário. Não queria conversar, queria saber objetivamente quando ela depositaria o dinheiro e como fariam com as outras parcelas. Num ímpeto, Isabela sugeriu que vendessem o imóvel, era o caminho mais óbvio. Guilherme relutou. Não abria mão. Tinha projetado lá todos os sonhos e não era porque Isabela tinha desistido que ele iria se desfazer de tudo. Isabela, irritada, declarou que não pagaria nada, nem apartamento, nem decoração, ele que arcasse com tudo. Se quisesse, ela vendia a própria parte e ele que lhe devolvesse o valor. Assim não era mais simples? Ela não iria morar lá, não fazia sentido manter a dívida. Guilherme se alterou e propôs um advogado. Não era justo, já tinha injetado muito dinheiro, mais do que ela, se ela bem lembrava. Além disso, ela que não queria mais, ele implicava, mimado, como se tivesse sido abandonado. Isabela não desejava envolver o pai, enquanto Guilherme já tinha evocado o próprio umas três vezes. Por que ele complicava tudo? Se ela não queria mais, era só ele devolver o que tinha pagado lá no início, quando compraram o imóvel. Guilherme ralhava, não era uma conta básica de matemática, e os outros custos? Não queria sair no prejuízo. Desligaram com muito discutido, nada decidido, Isabela com a sensação de que aquele impasse se estenderia até ela ceder.

Saiu para jantar em um rodízio de comida japonesa com Bruna. Com a cabeça cheia e com aquele abacaxi entalado chamado Guilherme, Isabela propôs um encontro com a amiga, que felizmente pôde ir. Bruna era advogada e iria ajudá-la a elucidar a questão. Afora a parte prática, Isabela começaria com ela o comunicado do término. Uma das primeiras providências que tomou depois de oficializar o fim foi entrar em contato com o estúdio de design e cancelar a confecção dos convites. Tinha pavor de que eles ficassem prontos e, por algum descuido, fossem enviados. Como isso se daria, nem saberia explicar, porque não tinham o destinatário ainda, mas só o fato de eles existirem era um perigo e movida por esse medo, Isabela se apressou em parar as máquinas. No entanto, para além dos convites, muitas pessoas já sabiam do casamento, e não teria jeito – precisaria conversar muito sobre isso ainda. Poucos seriam os polidos que só escutariam e mudariam de assunto, entendendo a delicadeza da situação. A maioria iria com sede à história, querendo destrinchá-la como um frago abatido, o frescor do fracasso alheio era irresistível. E isso não eximia as próprias amigas.

Isabela meditou se não deveria preparar um encontro com todas as colegas para se livrar de uma vez daquela notícia, mas desistiu. A maioria das meninas era recém-casada ou prestes a casar. Viviam embevecidas com o próprio sucesso amoroso e, até então, Isabela não tirava a razão. Elas não queriam saber de coração partido ou de aliança devolvida, tinham passado da idade de dar conselhos e talvez faltasse carinho e paciência. Isabela amava todas, no entanto, sabia das limitações do grupo. Sobretudo, não estava no clima. Não queria olhares de comiseração, perguntas indiscretas ou interrogatórios. Queria um pouco de paz.

Já Bruna, por seu tão livre e libertária, não faria drama. E, de fato, não fez. Arregalou os olhos quando Isabela confidenciou o término, mais pelo inesperado do que por condolência. Mas logo se recompôs, fez piada, arrancou risadas espontâneas da amiga. Prometeu levá-la para balada, apresentar gatos e bagunçar aquela vida monocromática. Não havia tédio nos dias de Bruna e Isabela adoraria ouvi-la contando as peripécias, mas, naquela noite, precisava falar. Lançada a primeira bomba, havia a outra – convocava os préstimos profissionais da advogada para orientá-la quanto às questões burocráticas que ainda a ligavam a Guilherme.

Bruna escutou tudo, entre niguri e hossomaki, anotando algumas informações no bloco do celular. Devoravam uramakis estudando o caso, que ficava mais tragável regado a shoyo. No entanto, em um primeiro momento, Bruna foi honesta com Isabela: aquele imbróglio seria tão mais fácil de ser conciliado fora das franjas da lei. Se as partes se acertassem, muita energia, inclusive da Justiça, seria poupada. Entrar com um processo seria moroso, despenderia mais dinheiro e, possivelmente, tivesse um resultado desagradável. Até sair um acordo, a vida dos dois poderia ter andado – se é que Isabela entendia –, o que faria tudo perder o sentido. Valia a pena mesmo?

Não valia, Isabela anuiu, ainda mais tranquilizada pela saikirinha de tangerina. Bruna quis saber da celebração. Uma festa do porte que seria o casamento deles não custaria pouco. Isabela explicou que muitos fornecedores foram quitados à vista, outros foram parcelados, alguns tinham sido presentes dos pais. A amiga rabiscou com o hashi alguns números, até que seu rosto se iluminou. Eureca! Isabela que se responsabilizasse pela festa, enquanto Guilherme ficasse com o apartamento. Ficaria praticamente empatado, com os justos encargos para cada um. E antes que Isabela perguntasse "que festa?", ela emendou a solução – haveria festa, sim. O casamento acabara, mas a festa não precisava ser cancelada. E se Isabela desfrutasse de todos aqueles preparativos para promover uma celebração para si mesma? Clientes pós-divórcio faziam isso direto, e Isabela teria a vantagem de sequer ter passado por esse trauma. Um motivo a mais para comemorar.

Isabela sorriu. A ideia era tão inusitada que parecia perfeita. A única possível. Enquanto as duas já idealizam como seria essa badalação, uma epifania luziu, reveladora, para Isabela: e se essa festa fosse um reencontro do Da Vinci? Não era nenhuma data redonda de formatura, mas quem se importaria? Para que esperar mais dois ou três anos se havia a oportunidade de realizar aquele grande evento agora? Apesar de manter contato com muitos, havia muita gente desaparecida, metida em algum bueiro, e seria legal resgatar esses fujões, brincou Bruna, e Isabela alumbrou-se. Era isso. Era esse o pretexto de sua vida, era por esse motivo que tinha percorrido até ali. A festa a uniria a Atílio. Enquanto Bruna exultava com os preparativos e brindava à liberdade e ao recomeço, intimamente, Isabela serenou. Aquele seria o momento que inauguraria o resto dos seus dias.

A ligação para Guilherme, logo na manhã seguinte, não foi curta. Isabela precisou de muita argumentação. O ex-noivo parecia uma criança mimada que não devolvia o brinquedo, e ela quase o arrancou à força. O problema é que não bastava usar a lógica ou apelar para relações de causa e consequência. Guilherme, injetado de inflexibilidade, não queria ceder, queria dinheiro e, ainda por cima, não admitia que Isabela fizesse a festa. Em algum instante daquele telefonema, ela considerou se ele sempre fora aborrecido daquele jeito e se ela só se dera conta depois do fim. Foi só quando assegurou que ele não teria nenhum encargo com a celebração e que ainda seria o único proprietário do apartamento é que ele sossegou. Isabela não saberia calcular se e quanto tinha perdido de dinheiro, mas a paz de cortar definitivamente aquele vínculo era de um valor inestimável.

Comunicou à família a decisão, até por respeito. Os pais tinham investido um bocado naquela união. Não estavam felizes com o encaminhamento independente de Isabela, preferiam ter sido convocados para amadurecer aquele acordo. Na verdade, preferiam que o noivado ainda existisse, que o casamento acontecesse, enfim, que aquele dissabor não se alastrasse. A mãe, especialmente, arrasada, não se conformava com a ruptura, era como se uma rachadura nela mesma tivesse sido aberta. A ideia de festa, então, pareceu estapafúrdia demais para ser real. No leito conjugal, pai e mãe se perguntavam o que havia de errado com a filha. Parecia uma pós-adolescente que não tinha vivido o baile de debutante e agora se agarrava numa chance ignóbil de realizar o sonho. Mas esse comportamento era tão inapropriado, Isabela era tão privilegiada, não faltou nada, de minúsculo a grandioso, o que havia acontecido para ela se rebelar naquele momento em que parecia que a vida ia, finalmente, deslanchar? Tudo bem, nunca foi exatamente dentro da métrica, olhe só como ela e Juliana eram diferentes, tinha tendência à insurreição, mas julgavam ser da idade, era hora de se encaminhar, não era? Foi uma psicóloga que acalmou a mãe, procurada num ato meio desesperado para saber como agir. A profissional inferiu que a festa seria uma etapa primordial do processo do luto, como se fosse um meio para elaborar o término e um marco de rompimento. Deixassem a filha fazer, era o modo de extravasar a grande dor da perda dos sonhos, e motivada por esses conselhos, a mãe, se não apaziguou completamente, conformou-se.

Juliana, no entanto, não conversou com psicóloga e não admitiu nenhum dos passos atrapalhados da irmã. Assim que ficou sabendo das novidades, na primeira oportunidade, puxou Isabela para uma conversa. Na verdade, não foi propriamente um diálogo, e sim um monólogo, em que ela golfou na caçula de verdades indigestas a lições de moral, atormentando-a com um sermão interminável sobre um modo de viver inconcebível e pelo qual Isabela não havia solicitado. Foi uma tarde horrível, desperdiçada com uma Juliana histriônica que não via sentido nas escolhas de Isabela. Na petulância de ajuizar sobre o comportamento da irmã e sentenciar tudo que era reprovável, desencavou até episódios da infância para provar que Isabela sempre só pensou nela mesma, não queria brincar com ela, não a convidada para as festinhas e nem escrevia cartinhas perfumadas como escrevia para as outras amigas. Isabela nem sabia dessa mágoa represada, Juliana e ela pareciam de universos diferentes, por que ela ia querer receber cartinha com suas bobagens?

Para piorar, Juliana tinha comprado uma cadelinha, mas como ainda era filhotinha, precisava de cuidados excessivos, e o papo era entrecortado por brigas e tentativas de disciplina à pequena Lulu da Pomerânia, que destruía os móveis da sala com seus dentes afiados. Se nos cinco primeiros minutos Isabela quis desaparecer ou estapear a irmã, à medida que Juliana desfiava seu manual de virtudes e valores, uma tristeza a calou. Não por aquilo que ouvia, isso não fazia diferença, mas por perceber o descontrole da primogênita com a própria vida. Apenas alguém infeliz se incomodava demais com o outro, e o fato de ela perder um sábado ensolarado com aquela conversa dizia mais sobre o casamento de Juliana do que sobre o não-casamento de Isabela.

De todo modo, nem os pais, nem a irmã foram convidados para a festa.

Os preparativos sugaram Isabela, que não tinha se sentido tão completa e excitada em nenhum outro momento da vida. Os dias eram preenchidos por muitas novidades e decisões. O tempo escoava, e em menos de 45 dias, a festa aconteceria. Bruna havia se responsabilizado pela divulgação, era mais entendida tanto de badalações quanto de redes sociais, então criou grupos, escreveu mensagens animadas e disparou o convite para uma centena de pessoas. A cada manhã, a lista de confirmados era atualizada. Isabela evitava olhar, não queria nem se frustrar, nem criar expectativas. Algo nela pedia calma, estava chegando a hora.

Enquanto isso, ela preenchia os turnos de trabalho com a criação de novas apresentações ao estilo do que confeccionara para apresentar a agulha indolor. Mesmo simples, o projeto fez sucesso a ponto de incentivá-la a testar em outros equipamentos, especialmente os de mais difícil persuasão. Incrementava os desbotados flyers com imagens mais coloridas e um texto menos monótono, e ficava orgulhosa com os resultados tanto da arte, quanto da adesão dos clientes. A energia transbordava em Isabela, e nessa explosão criativa, ela sentia ser capaz de, com as próprias mãos, construir uma daquelas engenhocas milagrosas que vendia.

No fim do expediente, mergulhava nos preparativos. Depois de cancelar os convites, foi desmarcando os exageros ou os penduricalhos que só faziam sentido para um casamento. A limusine foi um dos adereços abandonados sem tristeza. Depois, dispensou a cerimonialista, uma chata amiga da ex-sogra, uma mulher arrogante e austera que parecia eternamente azeda. A banda também teve um fim trágico – a começar que eram amigos de Guilherme, depois que o DJ garantiria a animação. Continuaria com X-v e apenas o atualizaria quanto ao que tocar – fazia questão de muitas músicas do início do ano 2000, porque eram aquelas canções que todos eles curtiram e ainda povoavam as memórias. Outras amigas logo se juntaram ao mutirão e a festa se transformou num assunto quente – o reencontro animava a todos, dos saudosistas aos exibicionistas. Havia quem quisesse apenas rever amigos perdidos e havia quem desejasse desfilar todas as benfeitorias providenciadas pelo tempo – de um casamento glorioso ao embelezamento, aquela era a oportunidade de mostrar à sociedade juvenil que tinha vencido na vida. Cada um com seu elã, todos unidos para aquela celebração.

Isabela tomou coragem e ligou para Bianca. Não que fosse tímida, mas simplesmente tangenciar o assunto a enrubescia. Contou sobre o rompimento, depois convidou para a festa. Pediu para ela estender aquele convite a todos os conhecidos da época e soltou nomes ao acaso, até salpicar Atílio, tentando soar natural. Pronunciou o nome dele pausadamente, com clareza, para ela bem escutá-lo. Falar Atílio em voz alta causou um estremecimento em Isabela. Conteve a emoção, buscando se concentrar na conversa, mas ouvir a si mesma chamando-o era de uma sensualidade vulcânica. Bianca precisava desligar, mas prometeu ajudá-la, aquele evento seria bárbaro. Isabela sabia que sim.

Quando Isabela era noiva, algo forte e indizível a impediu de mergulhar no mundo rendado e acetinado dos vestidos para casar. Sabia que esse não era um detalhe, e sim um protagonista, o monumento para o qual todos olhariam e sobre o qual comentariam na grande noite, e mesmo assim, não se sentiu com vontade de priorizar a escolha. Se ainda houvesse casamento – e isso parecia tão improvável de qualquer maneira, olhando em retrospecto, não casar era a única alternativa possível para aquele relacionamento –, a poucas semanas do evento, não duvidava de que ainda não houvesse um escolhido. Folheava as revistas distribuídas por Juliana, assistia aos programas cujo mote era essa busca pelo corte mais estonteante para se enlear ao futuro marido, até espiava os sites de celebridade, farejando uma inspiração insípida. Nas vitrines das lojas recomendadas, Isabela se constrangia. Como iria passar por uma noite inteira apertada em fitas e esmagada em um corpete que deixaria sua cintura tão fina a ponto de comprometer sua capacidade respiratória? Não combinava, definitivamente, com uma noiva. E além de não se empolgar, ainda achava brega. Vitoriano ou clássico, com um véu curto ou com centenas de metros de tecido na saia, os modelos resvalavam numa cafonice atemporal. Quem, fora a emoção do dia, sairia por aí com um vestido de noiva? Não era um traje totalmente despropositado, que catapultava as mulheres para uma época antiga, entre frufrus e correntes, em que talvez fizesse sentido aquela parafernália, quase uma fantasia?

Mas se não se persuadiu com essa peça majestosa, a escolha para o traje da festa parecia, sim, se tratar de uma grande decisão: era o vestido com que subiria as escadas de cristal, criadas por uma fada madrinha como um atalho entre a vida ordinária de Isabela e o portal mágico em que tudo se transformaria. Isabela queria estar deslumbrante. Temeu que nenhum ateliê ou costureiro fosse capaz de materializar o que sua cabeça idealizava – não era uma debutante, não precisava de um vestido meigo e delicado, mas também não era uma senhora e não se vestiria para uma boda de prata. A intenção de Isabela era estar irresistível. Flutuando em suas projeções mentais havia Atílio, como se ele fosse o responsável por aprovar ou não o look. Estaria vestida para ele.

Não sabia como desenhá-lo, se precisasse. Tinha impressões de como seria o toque na pele, de como ele cairia nos quadris, do leve brilho que espargiria ao dançar. Não conseguia imaginar a cor ou o tecido, então o melhor era experimentar vários. Como o sapatinho da Cinderela, que ao ser calçado transformava a gata borralheira em princesa, Isabela ansiava por experimentar um, dentre centenas de opção, e saber que aquele seria o vestido de sua noite.

Peregrinou. Entrou em várias lojas, marcou horário com os reis das agulhas, pesquisou em diversos sites. Não tinha preferência por cor, queria olhar e se apaixonar. No provador, já se imaginava menos glamourosa do que pretendia, e nem chegava a desfilar em frente ao espelho. Longe de ser simples, o trabalho de garimpo exigia paciência. As vendedoras insistiam – no corpo, esse modelo valoriza muito, prove, e citavam um atributo aleatório de Isabela para empurrá-la cortina adentro. Os estilistas se magoavam com o descaso justamente com suas obras-primas. Preto, rosa, azul, Tiffany, chiffon, renda, veludo, tafetá, com decote nas costas, nos seios, com fenda ou com pedraria, Isabela se viu de diversos ângulos, linda, mas sem luz, opaca, insinuante, perigosa, infantilizada, envelhecida, desconfortável, fresca, e ainda não era nada disso, não reconhecia a Isabela que queria ser em nenhum deles. Uma calça jeans e uma camiseta branca começaram a ser cogitados – se nenhum look a agradava, o básico talvez fosse uma solução.

A quinze dias da festa, em uma tarde de terça-feira, foi a uma Maison em um bairro residencial, mais por insistência do que por esperança, e assim que entrou, teve certeza, a mesma certeza que teve quando sonhou e soube que era Atílio. Lá estava ele, incomparável, em uma manequim sem graça e sem cabeça, mas em seu corpo ganharia contorno celestial, os estilhaços de feitiço bailariam ao redor dela e a tornariam a mulher que ela desejava ser. Nem escolheu outro modelo, os dedos acarinhando, ansiosos, a saia em tule, tateando os detalhes visíveis e escondidos de sua roupa de gala. Antes, as mãos percorriam apressadas os cabides, olhando quase em desatenção o cardápio de texturas de que as lojas dispunham, mas diante do escolhido, demorava-se, enamorada, decorando as características: alças finas, zíper oculto, delicadas tiras laterais, o cinto em cetim, marcando bem a cintura. Não precisaria prová-lo, no entanto, enxergar-se nele foi um êxtase. Nunca se vira tão bonita assim. Quando encontrasse Atílio, estaria vestida de salmão.

Seria uma noite brilhante. O salão estava primoroso. Era tudo belo, preparado com amor.

Às 20 horas, os carros começaram a encher o estacionamento. Manobristas e recepcionistas conduziam quem chegava com cordialidade. Do céu, um espesso veludo breu, rutilavam constelações, e o clima ameno, morno, era perfumado pelo olor de cerejeiras que circundavam o jardim. A festa acontecia em um tradicional palácio da cidade, local que já celebrara tantas outras comemorações inesquecíveis para os ex-alunos do Da Vinci.

Na mesa central, logo na entrada, uma cascata de rosas brancas acolhia, magnífica, os convidados. Do teto, um lustre de cristal champagne, com 162 braços de luz, anunciava o requinte do evento. Ao lado, uma foto resgatada de 2003 com todos os formandos do Ensino Médio surpreendia em boas-vidas: quem entrava, parava ali, entre a emoção e a surpresa, procurando o próprio rosto pretérito, o tom da nostalgia orquestrando a festa.

Uma escadaria do pequeno castelo separava aquele hall de boas-vindas do salão, de onde uma música animada temperava a atmosfera. Chuva de prata e fairy lights preenchiam os espaços com leveza. No enxoval, composto por finas toalhas do Oriente Médio, no lugar das iniciais dos noivos, como seria originalmente, havia "Da Vinci" em azul. Cadeiras imperiais agrupavam mesas de 10 lugares. Cristais e prataria europeia esplandeciam nos talheres e sousplats. Logo, os garçons apareceriam com bandejas fumegantes e serviriam à francesa uma culinária que ficaria por tempos no paladar de quem a degustasse.

Era um dia feliz, de sorrisos, abraços, olhos úmidos e lembranças. As pessoas não se sentavam imediatamente, queriam circular, ver e ser vistas, apreciar os detalhes e brindar o que viveram. As taças se tocavam enquanto as mãos se apertavam, tantos anos passados e era como se na tarde anterior mesmo tivessem se encontrado na aula. Tudo mudava e nada mudava.

Isabela não queria se colocar como anfitriã, era uma festa de todos, mas estava esfuziante. Foi ao salão e teve seu dia de princesa. O spa já estava pago, não iria desperdiçá-lo. Em momento algum pensou no que teria sido aquela data, e sim no que ainda seria. Por um triz, não foi uma noiva infeliz e monótona. Deveria agradecer aos céus, ou à Mão, por aquela fortuna recebida. Era uma dádiva estar vivendo aquele dia sem a responsabilidade de se casar. Mais do que a incerteza quanto ao que a aguardava dali em diante, havia a sensação de dever cumprido. Isabela fez o que deveria ser feito e o que nem se sabia capaz de fazer. Uma espécie de orgulho a iluminava, como quem anda vitoriosa em cima de uma ponte caída, sobrevivente com apenas leves arranhões de uma queda vertiginosa. Não usava coroa de princesa naquela noite, e sim um penteado discreto, com os cabelos mais soltos, e o rosto, alvo, recebera uma maquiagem quase básica, apenas realçada pelos cílios longos e pelas maçãs bem-marcadas. Estava lindíssima.

Cumprimentava cada convidado com o coração em alerta. Reviu muita gente, colegas próximos e não tão próximos. Soube da vida, conheceu maridos, esposas, recolheu cartões de visita, viu foto de crianças, foi parabenizada pela organização, pela iniciativa, pela generosidade. Alguns pareciam não acreditar naquele momento, a visita ao passado tinha esse elemento que misturava êxtase e certa tensão. O jantar foi barulhento. As saudades vibravam no salão. Não apenas Isabela reencontrava-se consigo mesma, mas muitos ali igualmente se enredavam na própria história, recuperando fatias da biografia que, mesmo desgastadas, permaneciam registrando informações importantes sobre quem se era. Isabela, enfim, sentia-se do próprio tamanho, ajustada, conectada. A peça que não se encaixava só precisava do tabuleiro correto para seu tipo de jogo. Gostava de tudo ali, das pessoas, do burburinho, das alfinetadas, da emoção, do clima, de ser a responsável e, ao mesmo tempo, por brilhar comedidamente em relação a esse título. As amigas a procuravam com insistência, a puxavam, segredavam fofocas. A adolescência era um véu que, como magia, havia coberto a todos, e num intervalo de espaço e tempo concedido bondosamente pelo universo, os convidados conseguiam dar as mãos a quem foram e a quem eram.

Após um farto banquete, a festa, enfim, começou. O DJ entendeu o clima e caprichou na lista dos anos 2000. As primeiras baladas lotaram a pista. Os ex-alunos do Da Vinci extravasam, cantavam, pulavam, estavam de volta às festas de debutante. Brincavam de ciranda, de trenzinho, repetiam coreografias. Era como se tudo estivesse ali ainda e sempre, como se esse arsenal de juventude não tivesse desaparecido, apenas guardado para se proteger do poder corrosivo do tempo, e agora, oportunamente, era evocado e se mostrava viçoso e íntegro. Não tinham vergonha. Além do mais, tinham aprendido a beber, o que evitava algum desgaste físico e mental.

Após mais de uma hora de intenso frenesi na pista, as pessoas começaram a ir embora. Tinham filhos, compromissos no domingo. Estavam exaustas, como o são os adultos. Algumas tinham trabalhado naquele dia, algumas trabalhariam no dia seguinte. Isabela, posto que satisfeita, ficou triste. O salão se esvaziava, todos agradeciam, prometiam jantares, viagens, batizados, quase combinavam de se matricular no Da Vinci. Uma sensação de solidão insistia em tentar brotar, ainda que ela tentasse sufocá-la pensando em todas as maravilhas reencontradas naquela noite.

As músicas ficavam mais melancólicas. O ritmo da festa diminui à medida que a madrugada avança. Alguns casais tinham se unido, a senda no tempo operando esse milagre. Bruna estava dançando com um menino – agora, homem – que havia saído no 2º ano para fazer intercâmbio. Estavam entrosados. Outros ainda bebiam nas mesas já abandonadas.

O DJ anuncia a saideira. É *Crying*. Só podia ser. Isabela está recostada na capa prateada que reveste a cadeira. Não está cansada, apenas chateada. Uma pontada de desilusão rasga o coração, toda a fé que era mantida em uma redoma prestes a espatifar-se. Dimensiona como a fantasia pode violentar. Absorta nessa despedida daquilo que a alimentou e a estruturou por meses, não percebe uma movimentação diferente. Mesmo no salão quase vazio, abre-se um clarão. Isabela dá um salto. Ao fundo, em um caminho dourado que liga as duas almas para, finalmente, uni-las, a figura luminosa de Atílio se desenha, cada vez mais nítida. É igual aos sonhos. É melhor, é real.

Ele se aproxima, macio, paciente como ela foi até ali. O sorriso tímido está lá, ainda. Ele mudou e continua igualzinho. Redescobrem-se, identificam-se, sabem-se. Isabela pisca, os longos cílios orvalhados: não é uma ilusão. Dessa vez, ela está acordada e vivendo tudo aquilo. O coração, de inflamado, vira uma explosão de champagne e purpurina, a festa é transferida para dentro de si. O script poderia ter sido escrito por ela, com as palavras com que sonhou, mas aquele foi planejado por um roteirista mais inspirado – ou por uma Mão com a destreza para criar certas histórias. Atílio está diante dela. Ela o vê, encontrando-se nele, situados ambos no mesmo espaço e tempo, inteiros e entregues àquele momento. Ele estende a mão, convidando-a para dançar. Isabela se levanta, os pés são plumas. Ele a enlaça pela cintura, a mão quente dele na pele descoberta. Ela reconhece aquele cheiro – almíscar, especiarias, açúcar – e deita a cabeça no peito de Atílio.

FIM

Curitiba, inverno de 2021.

pólen bold 90 gr/m2
tipologia garamond
impresso no verão de 2023